山河墨远

赵培光 著

时代文艺出版社

图书在版编目（CIP）数据

山河虽远 / 赵培光著. -- 长春 : 时代文艺出版社, 2021.6

ISBN 978-7-5387-6599-1

Ⅰ. ①山… Ⅱ. ①赵… Ⅲ. ①散文集－中国－当代 Ⅳ. ①I267

中国版本图书馆CIP数据核字(2021)第007508号

山河虽远

SHANHE SUI YUAN

赵培光　著

出 品 人：陈　琛
责任编辑：刘瑀婷
装帧设计：陈　阳
排版制作：隋淑凤

出版发行：时代文艺出版社
地　　址：长春市福祉大路5788号　龙腾国际大厦A座15层（130118）
电　　话：0431-81629751（总编办）　0431-81629755（发行部）
网　　址：weibo.com/tlapress（官方微博）　sdwycbsgf.tmall.com（天猫旗舰店）
开　　本：710mm × 1000mm　1/16
字　　数：170千字
印　　张：12.5
印　　刷：长春第二新华印刷有限责任公司
版　　次：2021年6月第1版
印　　次：2021年6月第1次印刷
定　　价：35.00元

山河虽远

文字无远弗届……

目录

找 上 海

一

国中的城镇乡村，散落在山水，传说于民间，去哪里放情看一时的兴致，而我，兴致之上，魂缠兮，梦绕兮，恐怕只有上海了。

于是，得机会便去上海。一次又一次，不厌不倦，着魔中蛊了一般。

去上海干吗?

……找上海。对，找上海!

找母亲咿呀学语的上海，找母亲风姿绰约的上海；找父亲蹒跚学步的上海，找父亲壮志凌云的上海；找父亲母亲结识的、恋爱的上海；找父亲母亲告别的、思念的上海。

毫无疑问，这是我找上海的初衷。

已经十分久远了。

往往始于一粒城隍庙五香豆、一块大白兔奶糖、一把张小泉剪子、一件开开牌羊毛衫、一台永久牌自行车，以及父母二人之间经常性的吴侬软语。

恍然三十五载，别梦依稀。此后，火车、轮船、飞机，我得以陆、海、空三种方式反复地出入上海，只为找我关心的上海，连同我期望的上海。或苍茫，或明丽；或通透，或昏昧；或诚挚，或婉约；或粗朴，或细腻。父母年纪轻轻便把自己交给了吉林，而我要把年纪轻轻的父母还给上海。明知道，诸多的想象来源于我的自作多情，譬如，那个不逊于许文强的男人便是父亲，那个不输于冯程程的女人便是母亲。回忆的空间里，父亲少年时跟着做保姆的奶奶过着穷日子，而母亲经常是一袭旗袍，摇曳在繁华的街头与外滩。尤其是母亲，一脑子电影和小说，字写得漂亮，毛衣织得漂亮，讲故事也绘声，唱越剧也绘色，荣耀了平房院落的左邻右舍。

生活之余，多是时光遗漏的那些细碎记忆。晚饭后，灯光下，母亲给儿女们讲老家旧事，讲她的手足弟妹。最令她放心不下的是大弟，也就是我的大舅。大舅学习很努力，苦苦拼争，却没能考上高校，致使神经错乱，毁掉了前程。二姨远嫁西安，在国棉六厂上班。三姨哪也没去，随长辈过着油盐酱醋的日子。再就是四姨、五姨和小舅了，同父异母所生，感情不近不疏的，维系着亲人的关系。上世纪70年代，我们家一时困窘，母亲写信求助于二姨，借二十元钱。这件事，深深烙在我的心头，直至今天，直到永远。

还有一个结，不，一个谜，似乎永远也解不开了。1953年，父母为什么放弃黄浦江畔的大上海而落户在松花江畔的吉林？据说，是来参加“三大化”建设：101、102、103，即染料厂、化肥厂、电石厂。将近六十年，风霜雨雪，苦辣酸甜，然后被合葬在距“三大化”不远的南山陵园。也快十年了，我每次去祭扫，伫立墓前，都禁不住想，要不要把二老的骨灰盒捧回上海，寻一片清静安息。终究是，念念而已，想想则罢。

二

不错，从神游上海到行走上海，我整整花掉了童年、少年及青年，时光够漫长的。

1985年4月29日，风香日暖，开启婚旅。按照方便的路线图，先是北京、南京、苏州、杭州，然后便落脚上海了。

上海有着我的一系列亲戚，最亲的是三姨和三姨父及其一双儿女。此前，母亲给我一个地址：中山南一路944弄。舟车劳顿，待到弄口张望，方知：弄，相当于胡同，却比胡同还小。七拐八弯，在狭窄的深处，摸到了三姨家。亲戚好，好亲戚，笑脸相迎，酒菜相待，让我们很快就不把自己当外人了。几天里，备受照料，好不热闹。可好归好，不便之一是，解手要到一百五十米以外的公厕，尽管屋里有马桶，但不习惯。

上海足够诱惑，白天转不够，晚上接着转，主要是围着南京路转。大世界、大光明电影院、和平饭店、外滩等从概念中一一呈现，不失时机地促发我对父母当年原貌原声出入其中的联想。莫名其妙的是，自己也仿佛孩子般跟随着他们哼起了《夜上海》："夜上海，夜上海，你是个不夜城。华灯起，车声响，歌舞升平……"仿周璇唱的那种声调，凄切，暧昧，如梦初醒。

我们顺道去了三姨家新分的房子。哦，实际是旧房，在上海电视台附近。进去看，跟车库差不多，已经搭起了二层隔断，准备住人的。说心里话，房子不怎么样，但三姨一家却乐开了花。他们还庆幸呢，不用去浦东了。尽管浦东可以分到宽敞些的，但不想去，不愿意去，太远，也太不方便。住浦西住惯了，浦东像渔村，刚刚传出开发的消息。当时，民间流传一句话：宁要浦西一张床，不要浦东一套房。

还是浦西好。怎么个好？一条南京路演绎着无尽的繁华，蔓延到上海的四处。哪怕拥挤，哪怕逼仄，哪怕放眼望去人头攒动，楼窗支出的铁架上飘动着晾晒的被褥和衣服……

三

尔后，再去上海的时候，跟着欲望走，由南京路扩展到河南中路、陕西南路、西藏东路、洋泾邦路、淮海路、衡山路、福州路、漕宝路、宛平路……如果把上海比作一棵树，路便是它的枝，房就是它的叶。路可以尽情地走，想乘凉吗？大树底下不太好乘凉，即使是片刻的凉。

父母养育了五个儿女，始终寄望着晚辈有朝一日回上海，回他们的上海，绵长且柔韧，柔韧且绵长。大哥参加工作后，超常规地发奋图强，读吉林医学院学士五年，读白求恩医科大学硕士三年，读北京医科大学博士三年，读上海医科大学博士后三年，又去美利坚合众国钻研尖端医学十年，光阴荏苒，幽梦飘浮，最后终于落户到上海。

上海好吗？前尘往事今犹在，风雷激荡更精神！

公务或者私游，我一次次到上海逗留，心下不免思及在这片土地上生活。何止是想，还付诸行为。我把我的愿望说给上海的同学，还把求职简历交给上海的朋友。左难右难，左右为难，直至我解甲归田。这也不算完，等我更老一些的时候，就在上海租住，宁肯旧房、小房、边缘房。终究成为一片枯叶，落下来，化为泥土。

上海，位于长江中下游平原，傍苏州河，滨黄浦江，外向辽阔的大海。海纳百川的胸怀及眼光，让这座城市突飞猛进，煊赫东西半球。

近、现两代史，租界是沉重的，孤岛是沉郁的，江水滔滔东去，流走了屈辱，遍地是城市的光荣与梦想。一步一步地，挥汗沥血，上海成为奋斗者的乐园，而融入上海的最好方式是人才的如鱼得水。福哉，幸哉，上海托起了人才，人才托起了上海，相辅复相成。

也不是顺风顺水那么简单，天下芸芸人才，何以在上海安家立业？

大地上，脚步匆匆，人心茫茫。

机会与难点同在，过尽千帆，顾虑一片一片，多少人才留也留不住，位子、票子、房子、孩子，压得八方汇聚的人才直不起腰、喘不匀气，奈何依依不舍地放弃。放弃，并且期望重新回来。

房子是庇佑人才的前提。2000年，同学在黄浦区买了一套102平方米的旧房，每平方米6480元，据说现在总房价早已突破千万；2004年，大哥在杨浦区买了一套105平方米新房，每平方米12000元，据说现在总价也接近千万了。岁月追赶着岁月，生活压迫着生活，时至今日，房产市值基本上涨了10倍左右，200万勉强交个首付，还算不上理想的房源。外乡人，隔岸观火，偶尔幽它一默，道：房子安好四轮，推到上海去卖。

古人居长安，不易，不易，无关房价；今人居上海，不易，不易，无非房价。

还是很小的时候，常听父母说到上海大厦，二十四层，独高无二，那份“唯我独尊”的气概，令很多人口口传诵。到今朝，早已婴孩儿般淹没在横无际涯的楼海中了。走在它的身边，我觉得自己如同潜水员，需要笨拙地扑腾。

从父母，找上海，有些落叶归根的意思。九泉之下，父母不能了，而我要继承二老的遗愿，好好活着，好好找。

四

上海不是古都，却很会怀旧。凭借一首诗，凭借一幅画，凭借一片云，凭借一阵风。我如果替上海来一次烟雨蒙蒙的怀旧，最好的方式是弄一部电视剧，五十集。名字我都已经想好了，就叫《黄浦江的女儿》。却始终未敢动笔，没底气。

毕竟，上海是有格调、有性情的，就是所谓城市的调性。

跟纽约、大阪、马赛、悉尼、多伦多、曼彻斯特、巴塞罗那，等等一样，上海虽非首都，却闻名遐迩，光芒四射，成为全世界瞩目的城市样板。什么样板呢？以辉煌，以梦想，以及辉煌的梦想。

我在上海找上海，寻踪问影，于现实中找梦幻与冀望。

阳光下，微雨中，在淮海路找风姿，在陆家嘴找风度，在徐家汇找风霜，在城隍庙找风味，在苏州河找风情，在朱家角找风俗，在迪士尼找风趣，在奕欧莱找风尚。而夜晚，我则哪儿也不去了，甘愿把身体及全部心思投入到黄浦江迷离的光影里。莫说天上人间，莫问今夕何夕，只有深深地、久久地迷醉了。

且慢，贪恋外滩夜色之前，不妨逛逛步行街，饱过眼福，再饱口福，东走则享耳福了。和平饭店掩映在南京东路与中山东一路交会处，看上去奢华，是那种低调的奢华。此刻，低调的爵士乐飘来荡去，尽显上流的骚动人心的奢华。

对面则是外滩。最早呢，这里叫李家庄。洋人来了，叫起了外滩，一叫就叫到了今天。那道不怎么样的防洪墙，被引为魅力无极限的背景，风雨雷电中见证了多少近近远远、短短长长、浅浅深深、苦苦甜甜的爱情。我的爱情，与外滩无关。转成婚姻之后，去一次，晒一次，算是比较的美好吧。

人在旅途，每到一地难免过客的漂泊感。我天生信赖上海，总是找啊找的，找那份属于我的生命根脉的安顿、安心与安逸。

多情归多情，上海是谁的上海呢？秋水长天，上海是母亲的吗？是父亲的吗？是大哥大嫂的吗？是侄儿侄媳的吗？是出生在那里的不满三岁的安安的吗？抛开自作多情，上海是不属于任何一个人抑或任何一些人的，上海只是上海的！

多少年来，我努力抓到上海，却怎么也抓不到。那么，上海在哪里？

2009年和2012年，携妻带女，两度穿过夏日的外白渡桥，入住海鸥饭店，只为了半夜醒来时，还可以望一望黄浦江，望一望那些不睡的人们、不睡的船舶、不睡的灯火……

2015年8月16日18点18分，位于漕溪北路201号的“上海老站”，隆重地举办了一对新人的婚礼。看着侄儿心卓怀抱吉他那么投入地为新娘佳妮唱《Romance》的时候，全场静静的，轻柔而迷幻，我禁不住泪水盈眶，仿佛年迈的父母蓦然间出现在身旁。下意识地看了看，却是两眼空茫，空空茫茫。

异乡人，大都想跟上海谈一场风花雪月的恋爱，形而上的那种。

上海却始终“顾左右而言他”。

如果在客观上辜负了谁，乃至伤害了谁，那一定不是上海的本意。

我与上海缠绵，不悱恻，超喜欢大仁义、大情怀的上海。放眼望出去，上海的商贸楼宇集群式屹立与铺排。我总是欣欣然，从宏图进入细节，随遇而安。上海的细节还真是动人，以优质的品牌与优质的服务。其实，我更多的时候是不买什么，浏览为主，怡情为辅，当收兵则收兵。收不住兵呢？拐进风味杂店。这个节骨眼儿上，便会发现上海的十大名小吃散如珠玑，处处发光——生煎馒头、南翔小笼、三鲜小馄饨、油豆腐线粉汤、开洋葱油拌面、蟹壳黄、擂沙圆、排骨年糕、条头糕、薄荷糕、海棠糕。即兴发挥，令我吃出馋相。

当然，管馋不管饱的品类留不住我的腿脚。2019年12月4日，午时，经过淮海中路，百年老字号“鸡鸣汤包”赫然入目。就这儿了，于是推门进去，要了一屉香菇汤包、一屉鸡汁汤包、一碗金牌鸭血粉丝汤，意满意足之后，出来，忽然生发别一种冲动。能不吗？那些影影绰绰的红色电话亭，如旗帜，殷勤地约我进去。真想置身其中，把电话打给远方的亲人或友人。那么，首先打给谁呢？

五

放步在上海，我脑海里有时会出现幻觉。幻觉中，自己成了一只驯鹿，掩不去惊慌，而熙来攘往的人流，一张张的面孔也都活泛着不同程度的惊慌。

惊慌里，深藏惶惑。

我找到鲁迅了吗？即使找到鲁迅，也不过是找到了虹口的一角。

我找到陈逸飞了吗？即使找到陈逸飞，也不过是找到了黄浦的一角。

如果追溯上海，史料上曾这样记载：东晋时有个叫虞潭的，曾经在海上修“沪渎垒”。“沪”是一种捕鱼工具，江河独流入海者为“渎”，“沪渎”由此而来。元朝至元二十八年（1291年），正式建上海县，这是上海建城的开始。到了明代，上海地区商肆酒楼林立，已经成为远近闻名的名邑。鸦片战争爆发，上海被迫开埠，在以后的一个多世纪里，成为外国侵略者、冒险家的乐园。

不过，通常人提及老上海，往往无涉远古，也排斥外忧内患，而仅仅陷落于百年之前的上海旧梦，并且愈加沉迷。

我要找的上海，在1932年6月6日以后。母亲出生了，母亲上学了，母亲遇到父亲了，母亲父亲一起落户吉林了。那二十余年里，上海动荡不安，支离破碎，但由于外祖父操持家业，布匹生意兴隆，日子宛如流水。这些都是我听说来的，我在无数个“听说”中组接着具体的景况，虚虚实实，不断换取内心的抚慰。

远居他乡，上海成为思念，岁月里缱绻悠悠。1973年，母亲回了一次上海。因着祖父去世，也是去看望大舅。再一次回上海已经是1988年了，大哥在那里求学。而父亲，在20世纪六七十年代，回去的次数较多。他所在的化建公司，有个董风叔叔断了一只胳膊，属工伤，隔个三年两载就得去上海换假肢，父亲自然是最合适的随员。

八九年前，两位上海老人累了，永远地歇在了吉林，歇在了南山陵园的墓碑下。松花江替代了黄浦江，日夜为他们流响、守护。人生八十有余，求来求去的，要什么呢？子子孙孙是福，和和美美是福。终了终了，回也回不去的是故乡，上海在哪里啊？

六

上海，当然在上海！

一个浦西、一个浦东，连同一条黄浦江，构成了上海的全部。

从古今找上海，从中外找上海。上海果然不一般。不一般的上海，成就了不一般的人，成全了不肯一般、不想一般的前辈们和后来者。

改革开放的四十余年，上海不但极大地发展着土地，而且极力地争取着天空，于有限的自由维度施展无限的才华，是不是最上海呢？是不是更上海呢？

东方明珠塔，就那么骄傲地闪耀，夜以继日，叱咤风云。

置身于上海的人，能不为遍布高楼的钢铁森林所动？能不为金碧辉煌的造梦天堂所动？能不为魔幻高端的科技前沿所动？

“侬脑子瓦特（坏掉）啦？”幸好，我依然……为之所动！

宜家家居，上海开了四家，人来人往，还不够。

地铁线路，上海开了十六条，车来车往，还不够。

只要来上海，就一定要去宜家，就一定会坐地铁。前段时间，火了《在上海活着，才叫活着》一文。我没有读到，我通常也不喜欢读这种鸡汤类的东西。据说，医生号召患抑郁症的人到上海去，便会不治而愈。理由是：上海人不抱怨。

我在上海时，多半寄宿在大连路的大哥家，经常乘转4、2、10、11、12、16号线，确实便利又安全。无论路近路远，没遇过吵嘴骂架的事。来亦来，去亦去。车厢内，各看各的手机，各想各的心事，男男女女，一片祥和一程路。正所谓："世事纷繁全不觉，桃花源里任芳菲。"

"桃花源里"勾旧事，云里，雾里，似是而非了。

一点点找呢！

1991年11月，上海涌动股市。我在文汇报社旁边的一家交易所门前，目睹了一张张拿到股权证的面孔，或此或彼的神情无以描述。转年，沪上作家陆幸生寄我一篇随笔《上海的脸》，很快发在《吉林日报·东北风》周刊上，也收入《百张面孔百颗心》选集里。

文中道——

> 现在，上海又添了一张新脸。
>
> 街头。股民。俗话："玩"股票的老百姓。
>
> 大部分是男的。乍一看去，人的群体色彩还是灰灰的、蓝蓝的，但谁都知道，这灰蓝的质地、这灰蓝的款式，比起那个"十年"来已经提高了好几个级别，中（山）装换成西装，毛巾改成领带，劳动鞋变休闲鞋。上午9点之前，所有的鞋尖全朝着一个方向：证券交易所将开未开的大门；一过9点，大门洞开，这位皮夹克、那个牛仔服、数只近视眼，在光滑的水磨石子地坪上徘徊彷徨，他们将扑向价位上的哪个阿拉伯数字，暂时还只有自己知道。交易所内，只有时间感而无空间感，也许这一秒犹如一个月那么难挨，而这一个月比那个嘀嗒瞬间还要短促。几万甚至十几万的资金，会在刹那间因一念之差（！）在空中消失得杳无踪影；也可能这么一沓子一沓子的现金，就合理合法又不用上税地落进你的口袋，进而划

入你保密在哪个银行的存折上。

……

上海是中国的一张很大的脸。一张很大的金融巨头的脸。一张由数十万股民小小面孔汇成的脸。

将近三十年了，得失成就故事，形形色色的故事。而兴奋，原本是上海的基因。

对，兴奋的上海！

上海的发展宏旨，同样令人兴奋：唯进是念，唯念是进。

2010年5月1日至10月31日，第四十一届世界博览会在上海举行。主题是：城市，让生活更美好。相应的副题是：城市多元化文化的融合、城市经济的繁荣、城市科技的创新、城市社区的重塑和城市和乡村的互动。

让生活更美好！六个字，字字仁爱，这是何等美好的向往及期许。

故此，上海这座城市，值得全世界尊重。

2017年4月中旬，我应邀去重庆游山玩水。水玩了，山游了，剩下看桥的情致。看着看着，忽然就联想到黄浦江大桥，忽然就决定到上海去。事实上，一次次去上海，要么直抵，要么取道，挟带着许多即兴发挥的成分。有意思吗？有意思！有意义吗？有意义！

哪怕只是拽一拽上海的衣襟……

七

外乡人如我，不管上海在脑海，抑或在心田，都是无法忽略、无法绕开的一个点，亮点。

最后一番找上海，是在2019年12月6日。具体地说，是找三十五年前的三姨家。其实，除了西安的二姨，上海还有似是而非的四姨、五姨、小舅及他们的亲人，始终未曾联系，找到又如何呢？意识上，五姨更近些。1973年，她在黑龙江生产建设兵团（虎林县境）做赤脚医生，来信请我父亲帮忙找个吉化的工作，努力了，没成。那是他们大人的事，五姨寄过两顶准军帽，满足了初中的我和二哥。

早8点出发，由宝地东花园的大哥家，乘17路公交车，转210路公交车，顺利抵达中山南一路。依门牌，很快就看到了922号，再向右走，过了岔路口，抬眼竟是1000号。又往回走，才发现两点之间断号。无疑，944号消失在岔路口了。不甘心，问过往的人，答案跟判定的一样。在那里踯躅了半天，经人提示，去不远处的五星桥派出所探询，得到的结论是没了。怎么会没了呢？哦，梦就是这样的，说没就没了。也不是多么遗憾，找到又会怎样？

悻悻中，眼前蓦地闪花了——闪出了张恨水和鸳鸯蝴蝶派的小说、徐志摩的诗歌，闪出了穆时英、刘呐鸥、邵洵美、叶灵凤、张爱玲，闪出了我上门拜访过的“掌故大王”郑逸梅和书法名家张森，还闪出了形形色色的本帮菜，红烧、蒸煨、炸、糟、生煸，等等。

不然，去七浦路？

不然，去田子坊？

心下的想头儿是，愈里弄愈好，愈民间愈好，没准能听上沪剧、越剧的唱段呢，抑或一曲丝竹音乐……

思谋中，乱了方寸，哪里找得到我要找的上海？怕只怕空空落败。最后，索性又置身于南京路上了。眼前的景象与物象，好熟悉，好亲切。倦鸟归故林，我在熟悉的亲切中，俨然一个地道的上海人了。

又见著名的中山东一路33号。关于万国建筑博览会，掌故有如下描述：“英国领事馆”建于1849年，1870年遭火焚，再重建竣工于1873年。这是上海最早的英式乡村别墅建筑，也是外滩建筑中保存完好的一幢建筑，面临黄浦江一侧有宽阔的大草坪。1875年，在这个后院曾举行过本埠境内第一次花卉展览——“西人赛花会”。就想到这个新建的花园与黄浦江、苏州河合流处花园密布的三角地带连接，形成一片沁人心脾的都市绿带。英国男人炫耀着白色的长裤，用今天的眼光看它们好像在洗涤中滑稽地缩了水，有点像卡通人物。那是个特殊的季节，女人们穿着有丝绸翻领的轻薄外衣，戴着顶大边宽的帽子，有密密刺绣的白色面纱，前面饰边的短衫，手腕上的饰边，阳伞上的饰边……

倒嚼着这段文字，哄我自己开心，仅此而已，而罢。

说真的，不知道用多少个层面，可以组合一个相对完整的上海；不知道用多少个故事，可以诠释一个灵魂升华的上海。尽管，我早已经习惯了“梦里不知身是客，一晌贪欢”。20世纪20年代，上海兴许是最有调性的上海。斗转星移，无限奥秘，百年后的今天，上海无疑是最有风范的上海。

闪亮的上海，亮亮闪闪，我如黄浦江一样的有始无终的追寻啊！

独自出行

一

我喜欢独行，却够不上侠。心气不够，步力不够，抱负也不够。然而，这些并不影响我的喜欢。像雨水喜欢土地，喜欢到一定深度，忘我如斯。

这么说，好像我云游天下、四海为家似的。其实，很惭愧，绝大部分的时间，我不过是在自己的意念中突围。远方有多远？依据每个人的足迹去丈量；远方在哪里？依据每个人的精神去探索。我经常去远方，实际上也不知道远方有多远，抑或远方在哪里。哲学上的命题，留给有兴趣的人吧。我独自出行，起伏跌宕，只为心中那一朵朵梦想，绚丽芬芳！

二

独行，即：独自一个人，天地任我行。既潇洒，又逍遥。

是不是呢？不是的。一个人的路程，吃喝拉撒乃第一要务。样样顺遂，只有做梦，梦境也是虚着来去。光落实诸多细活儿，便坏掉了大部分心情。何况，刮风了，下雨了，落叶了，飘雪了，哪一种遭遇，凡体俗骨的我能经受得起？在家里，在亲人身旁，已然被照料惯了，日久成习。妻子戏而谑之：除了饭是自己吃的，澡是自己洗的，地道的甩手掌柜。

且慢，我连掌柜也不做。天天忙活自己的工作（美其名曰事业），寒来暑往，暑往寒来，赚些养家糊口的小钱，也算尽心尽力了。出门在外，孑然一身，没办法高贵，没办法傲慢，只有亲力亲为，尽量照料好自己。经常马马虎虎，经常咸咸淡淡，经常于陌生中悠长地翘望。所谓“在家千般好，出门万事难”，这是我的写照，真实，真切，真真的“意恐迟迟归”。

哪里会生发那种黄昏的舒心——“走在乡间的小路上，暮归的老牛是我同伴。蓝天配朵夕阳在胸膛，缤纷的云彩是晚霞的衣裳。”

哪里会生发那种夜晚的惬意——“闲居少邻并，草径入荒园。鸟宿池边树，僧敲月下门。过桥分野色，移石动云根。暂去还来此，幽期不负言。”

外乡人的黄昏与夜晚，郁郁怏怏，灵魂沉入苍茫。

即便是这样，远方依旧是我的向往，我的柔柔韧韧的向往。

三

与芸芸众生相比，我已经很幸运了。身体不弱，朋友不薄，情怀不空，读写不止……这么些个优势，想来一次“说走就走”的出行，当然易如反掌。

在路上，人兴许会发现（遇见）最好的自己。何止放松了，简直放空了。这样的情形下，花开花的，水流水的，鸟飞鸟的，云游云的。时光只是时光，似乎跟谁都没有关系。

可惜，我却是个软家伙，整装待发的日子里，纠结着，犹疑着，搁浅在所难免，有些机会甚至放弃了。放弃，留在心底的或许是更大的遗憾。因为放弃一次出行，就等于放弃一次游览自然景观与人文景观，放弃一次领略悠悠历史、楚楚现实，以及茫茫未来。私下里不由自主地嘀咕，从前的公子小姐出行，总有书童和丫鬟围绕在身边伺候，那才是方便。我这个小户人家，出行多是影子相随，怎么可能神灵般异想天开？

话又说回来，心底还是有抚慰的，这抚慰来自格雷戈里·考伯特那句放浪山水而又意味深长的告白：“我将会找到，我遗忘多年的面孔，我自己。”

格氏1960年出生在加拿大，春风得意，被公认为王牌摄影师。然而，正值如日中天之时，他却自动消失了十年，远征二十七次，拍下了震惊全球的人、动物和大自然的微妙关系。在他劳作的背后，是无数无数的市井人群，熙来攘往，热热闹闹，一不留神却把自己（亲爱的自己）丢了。

人海中，丢了也不觉得！

生命的知与行，不在话下，而在脚下。一颗心，干净着，照耀着，由少年到青年，由中年到老年。

四

我的独自出行，远远近近，冷冷暖暖，缺乏醒世意义，无非是看人和看景。不过，一个人在路上，平时那些忽略或省略的事情，被 张张面孔演绎在脑海，痴痴缠缠，意犹未尽。

哦，独行于风中雨中霜中雪中，红颜隐去，蓝颜隐去，莫道不销魂。难是难，千难万难，最怕的是意外。意外是什么呢？不是没食没水了，而是迷失方向了，而是陷入困境了。所幸，我的经历多在意料之中。意料之中，平稳过渡，让我得寸进尺地迷恋山水。

意外也是有的，并且刻骨铭心。三十年前，随着长春市作家协会赴林区采风，采花草，采蘑菇，采参叶，一路笑语欢歌。6月10日，登长白同天池。前面的人没踪了，后面的人没影了，剩下孤单的我被困在半山腰的雪窝子里。

死死地侧卧，欲动不敢动，欲喊不敢喊，眼瞅着身边的滚石七七八八地顺势而下，一时间欲哭无泪！好几次，意识几乎垮掉了，只要松开手脚就会顺着陡坡滚落到山脚，那里是来时的小道。绝望之际，终于见到几个“走”山的农民，我用手势急切地求救。他们发现后，一点一点接近我，终于把我从雪窝子里拉回到安全地带……

或许坐下病了，再以后，无论我在哪里，山顶、海边、轮船上、飞机上、长途客车上，只要我一个人出行，往往会想到意外，想到死。禁不住，热泪盈眶。

五

经验告诉我：独行是独立的一种外化，其实质是更多的人既本真又畅达的理想状态。所谓山水犹在，清音自来。独行注定了独处，那些不分昼夜的、长长的或者短短的独处。

李白便是独行日月、独处天下的榜样。他的诗词中，总是不失时机地“晒”出自鸣得意的好境好情。独行——“仰天大笑出门去，我辈岂是蓬蒿人。”

独处——“花间一壶酒，独酌无相亲。举杯邀明月，对影成三人。”还有更绝妙的《赠汪伦》呢！

一听说有桃花潭，一听说有万家酒店，他便不辞劳苦地跋山涉水去了。抵达之后，方知与暗想的美景大相径庭。不过，他并未失望，毕竟他摸透了友人的心路。离别时刻，由衷地道出了兄弟般的友谊——“李白乘舟将欲行，忽闻岸上踏歌声。桃花潭水深千尺，不及汪伦送我情。”

思绪绵延，忽然勾起了我对另外一个人的怀念。

他，就是余纯顺。一箪食，一瓢饮，形单影只，徒步罗布泊，探索深藏的奥秘，直至消失在茫茫的沙漠里。这种壮怀激烈的大义，名扬八方，名垂千古。

人生……有味……是清欢。余纯顺活出了味道，同样也死出了味道。悲壮吗？绝对悲壮！忧伤吗？绝不忧伤！

六

印象中的独行侠，最早是电影《佐罗》中铁马雄风的佐罗，他头戴礼帽，眼扣黑罩，一袭披肩大氅，一柄凌厉长剑，在天地间呼风唤雨，在人海中神出鬼没，挑落了一桩又一桩的凶残与邪恶。

潇洒佐罗，无愧于我少年及青年时代的英雄，英雄的英雄！

进入中年后，我的心力、体力及努力，已经支撑不起行侠仗义、气吞山河的神威（或神武）了。作为一介书生，我觉得卢梭和梭罗同样也是英雄，别一种英雄。他们充分享受独行、陶醉独处的快慰与幸福，远远地逃离喧嚣的闹市，远远地躲开虚浮的繁华，守望一泓碧水，深入地梳理自然与人生，并以《漫步遐思录》和《瓦尔登湖》，传达给每一个渴求纯净、渴求深邃的你，或我，或他。

七

无论武雄，抑或文雄，身上无不透射一种平天下的气概与气度，哪怕雄关漫道。

寻常人，却喜欢独善其身。简而易得的方法是："独守一方土，独耕一亩田。独居一斗室，独享一朝闲。"我，便是这寻常人中的一员。所以，每次"独在异乡为异客"，我总是免不了被寂寞偷袭。寂寞的时候，我会痴痴想念遥远的亲人和友人。他们在我的生活中多姿的点缀，在我的生命里多彩的点染，使我的内心踏实，踏踏实实。那么，谁又是我生命之“锦”上绚丽绽放的“花”呢？

好久没有出门在外了，一个人去体验那朦朦胧胧的“诗和远方”。无奈的陷落中，我感觉到浑身滞重，生锈了似的，再不上路，都快魂牵梦绕了。我的“桃花潭”在哪里？我的“汪伦”在哪里？

人啊人，终究是独自地来，独自地去，无论多少牵挂，与系念！

面　孔

一

面孔是哪里来的？

从遗传学的角度是来自父母，从社会学的角度是来自生活。还有条分缕析的哲学角度，太玄奥了，太缥缈了，姑且搁置一边。

早在胎动的时候，父母便想知道婴儿面孔，那种急切的心情不亚于对性别的好奇。面孔，自然逃不开父母的遗传。那么，更像父亲？还是更像母亲？倒真有些意思。

通常的意愿表达是，像母亲一样漂亮，像父亲一样聪明。这话姑且听之，因为意悖愿违也往往是抱憾的事实。其实都不重要，重要的是健康，是快乐。

民间那句俚语，叫“树活一张皮，人活一张脸”，已经把面孔引申到精神领域了，换言之，已经脱离了长相这个实体。讲究的人，会将之看得比健康和快乐还重要。

面孔可以平常，表情却不可以平淡！

人之初，面孔是给父母长的，也是给父母以外的人长的。自己只管出个表情，赢得生存的基本诉求。父母的伟大之一，是对婴儿的所有表情，能够完全领会并且满足。在外人眼里，只有婴儿夸张的泪与笑才是看头儿，而父母不是，不仅仅是。为什么孪生的兄弟或姐妹，父母一见知晓？必然是面孔，必然是由面孔而生发的不易被察觉的表情，以及如此表情下出现的如此动作……

二

唐朝时，诗人崔护行至乡间，讨了碗水喝，对“面若桃花”的女子过目不忘，转年再来欲与她相会，却落得个“人面不知何处去，桃花依旧笑春风”。

与人相识、相知、相交，乃至相离、相怨、相忘，往往是从面孔开始的。即便是我们个人，每天早出以面孔开头，晚归以面孔结尾，做足了面孔上的文章，尽可能给世界一个理想的模样，不肯草率，不愿马虎。

亚里士多德曾经有一句话，大意是：美貌比任何的介绍信更具有说服力。美貌，即好的面孔。好的面孔还包括真切、挚切、亲切、关切，还包括友善、和善、向善、至善，还包括……无数的温暖人心的承载与传递。

让人受用一时，兴许也受用一世。

经常伴随诸如此类的好面孔，不说幸运也是幸运。任何一个人，无论怎样，都期望遇到好面孔，并且享受。因为，不单单是如沐春风，春风吻过谁的脸，谁都会把春风送到海之角，送到天之涯……

好的面孔，也并不单指好看的面孔。黑心皇后极力要跟白雪公主一较高下，结果却不妙。何况，情人眼里出西施，根本不存在“最”的问题。只要五官俱全，组合顺意，看上去踏实、舒服即可。怕只怕一张好看的面孔下藏着利己的私欲，露着害人的伪善。

面孔其实比内心还要复杂得多，它有时是内心的广告，而有时却是内心的叛徒。貌似忠厚之流，客观上却是以忠厚之名行不忠厚之实，这已经辱没了面孔的天职，甚或接近阴谋了，能避则避为妙。

如今，越来越多的人越来越重视面孔了。他们不仅渴望从别人的面孔中读出自己的喜爱，而且渴望让别人从自己的面孔中读出喜爱。这是文明的进步，令渐近美好的世界赞叹。远的且不说，即便是在我们日常生活中，那些亲戚朋友、邻里同事，以及身边的匆匆过客，对自己的面孔和别人的面孔都有了更高的追求，也肯花些气力了。

闲下来的时候，我喜爱端详孩子的面孔和老人的面孔，原模原样，原汁原味。

面孔的确很神奇，它会上映无限风光片和故事片。有内容的面孔，内心一定是庞大的、丰富的、深邃的，它会经常性地潜入外人的脑海中，发挥自己的作用。

一个英国的小伙子，名叫艾略特·吉布森，只因为他的面孔酷似哈里王子，都是长脸，宽而薄的嘴唇，强健的下颚，直挺的鼻梁，以及一头淡红色的头发，便引来了诸多甜蜜的麻烦，那些迷恋哈里的少女们一拨拨对其撒娇、献媚，小伙子居然成了“如假包换”的英国王子……

挺搞笑吧？“一笑”也未必“了之”。

话题拉回来，对“人造美女”一类的极端做法，我却始终心存疑虑。不错，向往美是人的天性，化个妆了，甚至弄个微整形了，让自己锦上添花没什么不好。只是，凡事别太过了，不惜血本把父母给的独一无二的面孔变成了某个不相干的明星“替脸”，有意义吗？有意思吗？我看是冤透腔了！

就算是一帆风顺地如愿以偿了，忽然某一刻，父母迎上你——“笑问客从何处来”。果真如此，那该多么难受啊！

所以，请……保护好自己的面孔！

三

从诞生的那一刻起，面孔忠贞不贰，它是要跟主人一辈子的。

凭这张面孔，我们生存着，生长着，生活着，直到今天，直到永远。面孔带给我们许多忧伤与欢乐、气馁与执着、沮丧与明媚、矜持与豁达、痛苦与幸福、绝望与希冀……

必须承认，面孔跟人是极其配合的，只要管理它，激励它，它都会以相应的成色与光彩回报，而执拗地承受着，在承受中默默地抵抗岁月，直到山穷水尽，直到柳暗花明。

一个人的面孔，既属于自己，又属于世界。像太阳也好，像月亮也罢；像苹果也好，像鸭梨也罢……或者，什么都不像，就那么本皮本色的一张面孔。无论他（或她）的发式、服装，或是举止言谈怎样变化，世界记住的永远是这张面孔。

遗貌取神，乃生命高境矣！

曾经，我们的面孔受外力重创；曾经，我们的面孔受内力干扰。伤面孔可叹，伤灵魂尤其可叹！俱往矣，敲钟人卡西莫多虽然毁掉面孔却未毁掉由衷的善良，一样获得爱斯梅拉达的纯真爱情。面孔可以昨是今非，而面孔后面的灵魂却不能堕落，不能腐朽，不能消失。经风淋雨的灵魂依然要干净、浪漫，那样披荆斩棘，那样气壮山河！

我注意到，中国的浩瀚辞海中，面孔对面孔的情形，唯有与“相觑”连缀的一个成语，且不是好状态。同志尚须努力，多创造些“面面……”之胜境来。

前段时间，大学毕业三十年同学会。两天里，百八十号男女聚在一起，且歌且舞，且情且爱，完全是青春时期的风雨雷电。有道是：何当共剪西窗烛，却话巴山夜雨时。

再过三十年，意气风发的同学自然进入垂垂暮年，相聚已难实现。不肯老去的男生女生，一定会忍不住去发黄的照片里辨识那些相伴过的面孔和身影。

不甘心，不赌气，一定会吧？

四

或许是自己的面孔平常，我从小到大都会积极地去电影电视中捕捉那些明星的优秀面孔，并且私下里追逐，效仿不了面孔，便自作多情地效仿神态、语调，以及动作。譬如阿兰德龙、高仓健、莱昂纳多……譬如索菲娅·罗兰、朱丽娅·罗伯茨……一次一次，循环往复，我却依旧是我，永远似的平常面孔。谁知，人到中年，我蓦然发现自己的面孔，粗糙里透着细腻，细腻里透着熟思，竟也闪烁出莫可言传的魅力。哦，魅力的光芒！

我得意于自己的这张面孔。

在这张面孔的督促下，我谨慎、低调且兴味盎然地做人、做事，所有的努力得到了应有的回报，成为这个不张扬的面孔的专属，一一记在面孔的功劳簿上。

对，“露脸”和“丢脸”都是面孔最直接派生出来的得失。得之谒然，失之泰然，没必要太费心思。

五

有种假面舞会，曾经风靡，眼下却没了角落。也不是没意思，只是让人觉得有意思之后又觉得没意思，便真没意思了。还得以真面孔示人。作家张爱玲的面孔，我是在报刊和图书上领略的，永远那么孤傲，那么忧郁。读张爱玲的小说或散文，可以从她的孤傲与忧郁中读出完全属于她的凄美的一生，这就足够了，何苦他求呢？

再一个是踢球的贝克汉姆，面孔实在是丰富，让人怎么看都不过瘾，以至于那么多的粉丝迷恋。为什么呢？不是他长得多么标准，而是他回赠给世界的不简单的人生态度，那眉宇，那眼神，那鼻翼，那嘴角，连那茂密的胡须都缠绕着丝丝缕缕的意韵……

面孔，无论黑白，无论美丑，只要是真的，是真实的，是真情的，便会感染人，便会感动人，至少不会令我们失望，留我们遗憾。哪管它沉如秋水，抑或艳若春花。

比较完整地看过《中国好声音》，印象还不错。第三季出现了齐秦导师，我更加期待。然而，奇怪的是，节目过半，仍少有学员肯投他的战队，尽管他一直倾情于点评。我为他失望，也为他遗憾，却毫无办法。我知道，对唱歌的年轻学员来讲，他们迫切需要的是技巧而非真情，齐秦流行了二三十年，其实是真情流行了二三十年。呜呼！

风云变幻，但我没变，大学时倾心的那张脸，风吹，日晒，雨欺，雪侵，季节轮回，确实有一些沧桑了，但我倾心如昨，脑海中一张白里润红的面孔，那么纯净，那么圣洁……

有记忆多美，有纯净而圣洁的记忆，活着便是神仙！

六

一张面孔，百种表情。不是吗？

我为正直的面孔呐喊；我为邪恶的面孔痛斥；我为诚恳的面孔欢唱；我为狡诈的面孔悲鸣。为得而复失惋惜，为失而复得欣慰，为男人的坚定赞佩，为女人的羞涩沉醉……

事实上，平和的面孔也会掀起风暴；骄慢的面孔也会荡起温存。

希尼说：从未有一首诗歌阻止过一辆坦克。然而，一个笑脸引发了一场战争的案例却古已有之。从古到今，从中国到外国，多少面孔左右了多少风云？呵呵，始于面孔，定格在历史。

为了充饥、取暖、治病，有的人去卖血，以至卖肾；为了争名、夺利、求官，有的人习惯于卖面孔，以至卖灵魂。哦，面孔会对主人说：“最爱你的人是我，你怎么舍得我难过？”何止难过？还会造反啊！

人只有一张面孔，而且陪伴我们终生。支撑每个人面孔的是自己的年龄和随年龄而不断积累的知识与阅历。不是公众人物多好，不在众目睽睽之下招摇多好，只凭一张原本的面孔，去生活，去梦想，比天空还辽阔，比花朵还芬芳……

草原深处的石城

C

在新疆的阿勒泰，在阿勒泰的吉木乃，在吉木乃的草原深处，矗立着一座气势磅礴、气度畅达、气韵流荡的古代神殿。它不是传说，也不热衷于神话，千年万年，就那么无怨无悔地雄浑着、轩昂着、壮丽着、璀璨着。

——人们叫它草原石城。

我来访问的时候，虽是7月，这里却凉沁沁的，微风撩人心扉。

放眼望出去，山坡上、山冈上、山峰上全是形态各异的巨石。对，是巨石，一块块巨石、一堆堆巨石、一丛丛巨石，连成了汪洋恣肆的海。说到海，我忽然惭愧了，因为此刻的我，目力所及的只不过是周围的数米乃至数十米高的石块、石堆、石丛。像什么呢？什么都像，什么都能够像，什么都可以像。沿着山路由浅入深地走，恍然间，我看到了圣诞老人、少女和胖乎乎的男婴，看到了狮子、骆驼和气咻咻的乌龟。我寄希望每块神奇的石头，古风古情，都有一个神奇的故事。

在失望的边缘，神奇的故事围绕着神奇的泉水不失时机地展开了：有位哈萨克妇女，婚后多年不孕，偶然间听说石城隐藏着一个山洞，山洞中隐藏着一眼泉水，便从千里之外拍马赶到，借着月光在洞泉里洗浴。离开之际，虔诚地叩拜求子。果然，她如愿以偿。这件事，被当地的牧民传开，远远近近，从此未断了前来祈祷的身影……

我的目光，随着故事的起伏而起伏，抵达“波涛汹涌的壮阔”，似海。

远古的石城，还真是海！

呵呵，现实的面貌，便是曾经的海底。

侥幸“游”身于此，我有心把这个接近完整甚至完美的“海底世界”描绘出来，纯属妄想。因为，时间和空间仅仅给了我“管中窥豹”的机会。没办法“一览众山小”，只好择一块相对理想的石头坐下来。

静静地，从此石到彼石，从阅读到悦读，俨然一位小学生，认认真真地做着“思古之幽情”的功课。

D

我不知道有没有上苍。

有？还是没有？

那么，是谁把如此庞大的石城安排在了阿勒泰的吉木乃？是谁把如此辉煌的石城安排在了吉木乃的高山草原？学习天空，向绚烂的天空崛起；学习历史，向恒永的历史靠近。

大象或许无形，大爱注定无疆。

检阅大自然，遗留下诸多败笔，更造化出数不胜数的杰作，以及杰作中的杰作。

海落山隆起石城，自将磨洗砺峥嵘。

安疆莫谓敌难御，此地能当百万兵。

同行诗人吴师文昌，神思飞扬，眼疾手快，即兴一首七绝，全然勾出了草原石城的“前世今生”。

而我，却只能望石兴叹！

比石城无边的，除了头顶的天空，便是由脚下铺向天边的草原了。此地，北纬47度，石头间的草原，绿意弥漫，香气浓郁，恰到好处地衬托出石城的巍峨与雄伟。

我恨自己不是画家，手机拍出来的景致七歪八扭，羞于示人。还好，我可以用眼睛贪婪地“抓取”精妙的局部，甚至上前用手掌去抚摸那局部的局部，细节决定趣味。

盘旋的老鹰，嘎嘎地叫着，它是在讥诮我吗？摇曳的小花，眯眯地笑着，它是在嘲弄我吗？管不了那么许多了，跟石头在一起，我觉得我也变成了石头，只想对视，不想对话。所谓心有灵犀，最怕一点不通。自作多情？既然水乳交融，请允许我自作多情啊！

还请允许我的自作多情蔓延开来，联想到冬天的雪花，以及雪花纷纷扬扬飘落的石城。事实上，我置身的这片山坡，9月伊始，即被一些哈萨克牧民收复了。当然是收复，原本嘛，这里原本就是他们的“冬窝子”。转场过来，在这里“扎”起形状如天的毡房，炊烟、牛羊、笑声、歌舞、冬不拉，分明是一幅幅流动的吉祥安康的生活图景。

次年6月，大多数哈萨克牧民又带着全部家当及梦想出征远方的水肥草丰的夏牧场了。后面，跟着哞哞的或咩咩的牛羊。

留下来的，便是浩瀚的默默无语的草原石城……

E

石城毕竟是石城，纯粹而圆润的花冈岩石蛋地貌，遗世而独立，孤绝得不同凡响。

无须提及二百七十平方公里的辖区面积，无须提及六十七平方公里的核心景区。单单是那些扑面而来的石阵石列，便秒杀了我。不，是震撼了我，是那种瞬间的灵魂与情感、情感与灵魂的“全震撼”！

与其说它是天然的奇石博物馆，毋宁说它是天生的奇石大家族。有道是，群贤毕至，如同集会；群情激昂，宛若庆典。静下心来走上一程又一程，植物、动物、人物，但凡想得出来的，都可以找得出来对应石。换言之，有多少想象，就有多少满足。当然，这里的石，一律以“巨”著称。边看边琢磨，不消说巨虎、巨熊、巨牛、巨马，即便是鸡、鸭、鼠、虾，也必须冠之以“巨”。相对于形形色色的石，人是渺小的，无力的，无可奈何的。篡改一下那句老话：大千石城，无奇不有。

爱，果然是一场自我教育。

处处风光处处景，我偏偏是个得寸进尺的人。我得寸进尺地想，倘若早晨或者黄昏，这里一定比仙境还仙境，比美丽还美丽。谁知，这种近乎天真的思绪居然在五天后的“新疆野马艺术馆”里得到艺术的证实。那是一幅油画，是俄罗斯画家依据馆长陈志峰的摄影作品复制的。“复制”的这幅作品中，晨光或夕光淡淡地、柔柔地照耀着安谧、宁和、无声无息的石城，迷幻而幽深。可惜，我没看到原片。如果有天堂 ，我觉得，此时的石城应该算上一个。

天下景观，雷同者众。而在阿勒泰，堪与石城相提并论的，首推喀纳斯湖。自家人矣！一个粗犷，一个妩媚。是兄妹之谓？还是姐弟之称？那要看彼此的心愿了。说到底，石城所以无与伦比，还在于它未被湮没的文化意态和未被蚀毁的贯通精神。这里，端庄与狰狞交锋、坚硬与柔软交错、荒凉与繁华交替、野蛮与文明交融。没有失败，没有胜利，只剩下和平。

和，为贵！

此前，我一直陶醉于自己顺情顺意的生活里，风花雪月即便风雨雷电，照单全收。以为眼界大开了，以为胸怀大开了，其实差得远哩！今次出访，意犹未尽，我宁愿迷失在这奇绝而灵性的石城中。

积极的迷失，何尝不是一种人生好境？

石不能言，岿然不动。伶牙俐齿的人反而肤浅了，怕只怕身不由己，轻飘飘地，随了那一片叶子，一缕风……

F

我得老老实实承认，石城是部大书，石块是字，石堆是句，石丛是页。许多字、许多句、许多页，合在一起便构成了卷帙浩繁、震古烁今的自然史与人类史。

辉煌读自寂寥，灿烂读自素朴。

名字不过是序。

草原石城坐落于吉木乃。在广袤无垠的阿勒泰地域，诸如吉木乃、布尔津、可可托海、额尔齐斯河之类的名字倒很有些意思。看字听音，一开始难免疑惑，什么意思嘛？不知道也好，没什么意思也罢，并不重要，重要的是读出来或叫出来，乐感十足，唱情歌般的效果。这，就是意思！……够意思吧？

独有草原石城，一字一词，音出义显。汉族人直截了当的习惯称谓，意外地出现在了集汉、回、哈萨克、维吾尔、蒙古等三十几个民族于一方水土的阿勒泰。

也不意外。名字，即代号，叫起来顺口，听起来顺心，足矣！

恰巧，来访石城的路上，捡了个有关牧民的笑话。

——孩子，你在这里做什么？

——放羊。

——为什么放羊?

——挣钱。

——挣钱做什么?

——娶媳妇。

——娶媳妇为啥?

——生孩子。

——生孩子干吗?

——放羊。

我当时一笑了之，以为跟那个渔夫晒太阳的浅段子差不许多，没什么回味。刻下，身居石城的一隅，望天空云淡风轻，看大地草嫩花鲜，想牧民足食丰衣，念时光有始无终，忽然生发出久已不再的冲动。做石头多好，做那个孩子多好，有名无名都是幸运，有情无情都是幸福。

海德格尔说：人，诗意地栖居。

……多么好啊!

G

是偶然吗?抑或是偶然中的必然?

我惊喜地发现，在相同的纬度上，大西北的石城与大东北的森林城遥相呼应，一头是石，一头是树；一头近在眼前，一头远在天边。日日夜夜，守候与护佑，忠贞不贰地履行着自己的职责。

它们相约过吗?它们盟誓过吗?

问石头，石头不语。

问树木，树木不语。

便多余问天空和大地了。大地上，天空下，万物生长，自行其道。尽管，石头跟石头不一样，树木跟树木不一样，但它们互相致意，互不攀比。或许有大小，但无所谓尊卑；或许有强弱，但无所谓贵贱。每个生命有每个生命的生存理由与权利，尊卑贵贱不过是人类的视角，与它们的生存无关。

一石一世界，一树一世界。光阴中，石城的石和森林城的树，安居乐业，夫复何求？

A

哦，在这里，我终于听到了一种接近真相的说法，大体是——

被誉为“艺术里的珍品，皇冠上的明珠”之《在那遥远的地方》，原产地便是吉木乃萨吾尔山的辽阔草原。石城可作旁证。1939年，二十七岁的王洛宾有幸参演影片《民族万岁》，爱上了女主角卓玛。他借助熟悉的哈萨克民歌《羊群里躺着想念你的人》创作而成，民歌原词一开始是这样的：“在那遥远的地方，萨吾尔草原，留着我那心爱的姑娘，远走的时刻，无声地离开她的身旁，心中好像古尔班通古特沙漠，想要和她一生幸福真难。”

热恋中的王洛宾，突发奇想，更激情、更柔软、更直白地道出了自己的心声：

在那遥远的地方，有位好姑娘。人们走过她的帐房，都要回头留恋地张望。

她那粉红的小脸，好像红太阳。她那美丽动人的眼睛，好像晚上明媚的月亮。

我愿抛弃了财产，跟她去放羊。每天看着那粉红的小脸，和那美丽金边的衣裳。

我愿做一只小羊，跟在她身旁。我愿每天她拿着皮鞭，不断轻轻打在我身上。

这首脍炙人口的歌曲，流传了七十余年，唱起来依旧挚挚切切，痴痴缠缠。由此，我认定草原深处神秘而曼妙，尤其适宜生长爱情。站在石城的山垭，微风拂面，心旌摇荡，于是下意识地把期冀的目光投向远方，由远及近的草原。呵呵，我的那个“卓玛”会不会出现？会不会粉红着小脸、摇着皮鞭、赶着羊群笑盈盈地向我走来？

人说，动什么别动感情。

我说，动什么别动石头。

在这里，一切都被“石化”，而非“人化”。任何一厢情愿的私心或杂念，都显得轻薄，太小儿科或者太小把戏，经不住风霜雨雪的，奢谈岁月了。

B

阿勒泰，金山银水，石城无疑是明珠！

万水千山走遍，最忆是石城。归来的几天里，那一块块、一堆堆、一丛丛的巨石，总是不由自主地浮现在我的脑海，似飘落的锦缎，又似飘起的云霞，丰美而光灿。

这些跌来荡去的记忆片断，委实值得珍藏、珍惜。

或许，是我过于郑重其事了。郑重其事的又何止我一个人？

我甚至甘愿自己百年之后，被送到那遥远的阿勒泰，送到那吉木乃的草原深处。石城，当地人习惯叫它“一窝羊”，就让我化作“一窝羊”中的“一只羊”吧，千年万年，接受太阳的照耀和月亮的爱抚。每逢7月，“一只羊”的周围开满各种各样的花朵：百合、芍药、秦艽、蔷薇、金莲花、银莲花……

我以外的许多访客，兴许跟我有着同样的遇见、联想及浪漫情怀。然而，隐藏在草原深处的无穷奥秘，永远也破解不尽，譬如，这座“奥地叶”（神石城）。

——承载，却不承诺！

——相伴，却不相许！

阿勒泰的惦念

西北望长安。再望，则是阿勒泰了。2018年9月中旬，如同牛羊转场一样，我把自己散放在满眼情彩的阿勒泰。那山，那水，那人，缱绻悠悠地阅读了我。不不不，是我缱绻悠悠地阅读了绵亘的山、清亮的水、素朴的人。

从阿勒泰回来，魂儿没能跟上躯体，依然在“金子”的怀抱游荡呢！

远方，恍若天边；近处，仿佛眼前。哦，风起雨落，深荷厚意。老实说，始料全然未及，我的难以素描的惦念竟来得这般迅疾，挚切而浓郁。

富蕴、哈巴河、吉木乃、布尔津，一组组淡远且迷幻的镜头，意犹未尽地在我的脑海里结构成一部超时空的电影……

之一：户儿家

知道户儿家吗？我也是第一次听说。并且，第一次置身其中。

红墩镇是户儿家的“家”。如果不是深入萨里铁热克村，我就无法领会“户儿家”的内涵与外延，更不能感受“户儿家”的温度与深度。

幸好，我来了。

走进村民委员会院里，蔬菜、花果，翠盈盈，红闪闪，竞相媲美。我俯下身，细细端详，期望看出它们的品质。我还想知道，西北的阳光注入给它们的究竟是什么。

什么呢？

容不得我发思古之幽情。俄顷，便有人喊我入室了。热情的村民以笑脸、掌声和歌声迎候在门内，蓦地点燃了我。正前方，悬挂的幕布上，写着——绿荫底下共乘凉。一场经典舞台剧，刷新了远方来客的目光。咚咚锵锵，热热闹闹，主题只一个：民族团结这棵树大了、荫浓了，子子孙孙好乘凉了！

此前，我习惯于“大树底下好乘凉”的论调。户儿家之论、之调，愈发显示出积极的广泛的意义。

户儿家自然有户儿家的文化记忆。1862年，四十余户太平天国和西北捻军的后裔逃难到这片土地上，被哈萨克族归纳为“第十三部落”，得以生存，得以通婚，得以融合，得以延续。

汉人农耕、养殖、渔猎……的劳作方式，带动和改变了当地惯常的生活面貌。2012年，户儿家媳妇李红秀，经过漫长而辛苦的筹备，终于建起了“户儿家民俗陈列馆”，碓窝、石磨、棕绳、打绳机、缝纫机、马镫子……百余种老物件，尽职尽责地讲述着过往的岁月。而实际上，户儿家早已是多民族之家，最多一家甚至拥有汉、回、维吾尔、蒙古、朝鲜、哈萨克、锡伯等七个民族。他们并不掩饰内心的荣耀，总是自诩为“老新疆”。

交融也好，和睦也罢，户儿家绝对堪称现实版的质地柔韧的一个缩影。

之二：3号坑

3号坑在哪里？那个堪称新中国功勋的3号坑在哪里？

且慢，可可托海告诉你。

一提到海，我就情不自禁地激荡、沸腾。

海呢？可可托海不是海。这里没有海，也寻不到海。倒也无妨，贴着阿尔泰山脉起伏地行进，起起伏伏，便会蓦地发现山腰处凹着一个硕大无朋的坑。专业术语称：3号脉。

毛泽东主席曾题词：开发矿业。

西南、东南、东北的热血青年、军人、知识分子汇聚在这里，穿过山冈、河流、木桥、房舍、食堂、电影院，连同3号脉的露天开采，谱写了一曲又一曲生命的壮歌。

据说，3号脉是世界级别的大型稀有金属花岗伟晶岩脉，盛产着八十六种矿物。铍资源量居第一位，锂、钽、铌、铪、铯资源量居全国前十位。

3号脉以矿种之多、储量之大、品位之高、成带之分明被地质界公认为“天然地质博物馆”。3号脉伟晶岩矿床发现于1930年，1940年由苏联组织的特别地质考察团进行民工开采；20世纪50年代初期中苏合营共同开采；60年代，这里的稀有金属为我国偿还苏联外债及“两弹一星”的成功发射做出了不可磨灭的贡献。1999年，在完成设计开采量后宣告闭坑，结束了它辉煌的历史。

我站在远处凭吊，目光静静地输送着心底的崇敬。也许，它太累太累了，自顾自地睡着，安详且安好。连呼呼啦啦的风也唤不起它的老梦，老去的美梦！

《可可托海之歌》唱道：“我那故乡的山，我那故乡的雪，额尔齐斯河水奔腾流淌……”而我，一个形单影只的外乡人，心意沉沉，泪眼蒙蒙。多想，多想带走它，带走那似乎永远不会醒来的3号坑，或曰3号脉。

之三：哈巴河

显显赫赫的额尔齐斯河，拥有众多分支。其中之一的哈巴河，以流量大、流速快、流程长的特征，给予我无尽的想象、眷恋及追寻。

何止成全着一个县！往近了说，它成全着岸畔的奇石和桦树；往远了说，成全着明天和未来。抛开这些远近说，河水浮游着诸多有机生物呢，尤以北极茴、哲罗鲑、小白条等名贵鱼种而闻名天下。

这一次，前往哈巴河，经过五六个小时的颠簸，依然兴致不减。甫一停车，我便抄近路扑奔过去，并且坐在河滩上。人痴了，便暗自期盼一位哈萨克少女翩然舞来，手持着羊鞭，歌声飘荡在这天然牧场的上空，像云彩一样。哪有这等好事呀！忽然，念及一句戏言：长江黄河哈巴河。也好啊，我倒是要探探，这条当地人自鸣得意的“第三大河”藏着什么奥秘。

是啊，关于河流的奥秘！

我童年的吉林，也曾有过一条河流。

出身似乎卑微，竟没一个正式的名字，人们叫它大河套。除了冬天滑爬犁、支冰车，春夏秋三季时常去那里洗澡、摸鱼、抓蛤蟆。斗转星移，我十几年后再回去看它，早已消逝得无影无踪，不曾存在一样。

我安家的长春，一条河流瘦瘦地穿城而过，辛劳宛如母亲。只是它过于潺湲和迟疑了，稍微宽阔的地带便被修建成亭台阁榭，供市民消闲娱乐。从它旁边走，或者不经意间想起它，总让我担心哪一天也只剩下干涸的水道，不复存在一样。

毫无疑问，有河的地方就是有福的地方，就是有希望的地方。向水而生，一代代，一世世，世世代代地繁衍下来，进而庞大起来。

哈巴河生性达观，以致出嫁一样把自己托付给了额尔齐斯河。直到在出境口蜿蜒盘旋了许久，然后义无反顾地投入北冰洋。

一条河流，能够在天地间哗哗作响地奔流，该是多么欢畅！又……该是多么快活！

之四：吉木乃

吉木乃究竟是什么乃？外人免不了这样一问。

我只关切树木和石头。

四年前，我置身于吉木乃，目光和心思甚至被它们全部套牢了。于是，我写了散文《吉木乃的树》《草原深处的石城》。一篇发表在2015年10月2日《光明日报》副刊，一篇入选了《2016中国散文排行榜》一书。终究是，蜻蜓点水。

石头呢？奇矣！

树木呢？神矣！

树木许多是人工"浇"出来的，石头全部是天然"造"出来的。有限的树木和无极的石头，神奇得使我恍惚。那么，吉木乃有多少棵树呢？有多少块石呢？天知道，地知道，我不知道。我所能够做到的只是，一步步走近，一点点渗透，一缕缕升腾。况且，升腾成云雾吗？升腾至天空吗？我也不知道。

树木与石头，原本是大自然的必需品，在吉木乃却注定属于奢侈品。树木因为人工的"浇"而珍贵，石头因天然的"造"而奇异。虚实之间，虚虚实实之间，出神入化，升华了一个活态的格调高远的吉木乃。

抚摸着一棵又一棵的树，抚摸着一块又一块的石，像抚摸着亲人，甚而像抚摸着自己。敬畏，深深地敬畏。任何有声的语言都显得轻薄，单单想跪下来，低眉闭目，双手合十，为它们虔诚地祷告。

我觉得，我就是吉木乃的一棵树，抑或一块石了……

之五：五彩滩

比吉木乃更富于诗意的县名是布尔津，蒙古语，意为年轻的雄性骆驼。

远远近近的人，多半视布尔津为童话，谓之童话布尔津！

童话里的世界，有天空大地、森林草原、流云飞鸟、宫殿茅舍，还有皇族庶民的隔阂，以及王子灰姑娘的爱情，唯一不见五彩滩。

五彩滩拓展了童话世界的美丽与冀望。请允许我无伤大雅地投机取巧吧，我的笔力实在胜任不了我的眼力。姑且，把入口处公告牌上的“景区介绍”删改一下：五彩滩一河两岸，南北各异，位于布尔津县西北约二十四公里的也格孜托别乡境内。由于地貌特殊，长期干燥地带，盛行大风，使原来平坦的地面变异出许多陡壁隆岗（墩台）、宽浅的沟槽相间的地形和险峻的小丘。

景随时辰变幻，最美的五彩滩，当在黄昏。拍过照片后，已经晚上8点了。时差的原因，西北的晚上8点近似于东北的下午5点。红彤彤的太阳缓缓地沉落，用稀薄而温暖的余晖笼罩着“雅丹地貌”，满眼尽是那金光银影，梦一样地隐入胜境，辽阔而辉煌。

逐渐，逐渐，逐渐，暮色苍茫转化而为夜色朦胧。

布尔津，听上去多么像个情人。

五彩滩，看上去多么像个富翁。

除了布尔津的五彩滩，还要去哪里呢？还能去哪里呢？

之六：喀纳斯

再一个，必然是喀纳斯湖了。

在江河湖海的四大水域中，我尤其喜欢湖。江太莽撞，河太冲动，海太霸道。剩下湖，那么高贵，那么从容，那么谦和，那么清朗。

喀纳斯用自己的本色给所有的湖做了一个榜样：绿如蓝。远看是蓝，近看是蓝，只有掀起的水花是白。而被阳光照射，似乎还是蓝。

蓝是幻想吧？蓝是未来吧？未来的幻想里，一定是蓝！

在喀纳斯湖畔，卧龙湾、月亮湾、神仙湾，此隐彼现地诠释给人一个蓝的奥妙。对，奥妙的蓝！最后攀登观鱼台，一千零六十八级阶梯，十步一景，景景闪耀，实在难以尽收。那些无景不拍的游客，更像路上的逗号或句号，用图片断断续续地烘托着情绪。我呢，行至半山腰，忽然选择放弃。为什么？不为什么。忽想起一种劝告说，看到的美都不会是最美。歇脚处，正是上行道和下行道交汇，游人密麻如织，我也确实疲劳，便将整个身子躺下。孰料，风……不依不饶，蓝色地鼓荡着，鼓荡着。无奈，心门已经上锁。

下午，我被游船友好地带入湖中，竟有三分怜惜。湖中看湖，免不掉生发“只缘身在此湖中”之慨叹。什么此念彼念，什么苦短苦长，什么今夕何夕，什么恍兮惚兮，统统抛却在脑后。湖怪呢？只有传说中的湖怪，牵系着我的脑干。望出去，依然一片水域，一片蓝色水域。

喀纳斯，喀纳斯，我忍不住疼爱和想象的高级蓝啊！

到白山去

一

6月，不到白山去，又能去哪里呢？尤其是我。

白山白，白成什么模样，望一眼海拔两千六百余米的长白山主峰便了然于心。以山立市，黄山可鉴，白山步后，终未如愿。似乎多了一个长字，那就删除它。1994年4月，由浑江而白山，长白山的气势与底蕴都在里面。即使是徒有其表，却也“白云峰一样”白得圣洁，不失尊崇。

因为有山，人们习惯了登攀和临转；因为有水，人们习惯了逆水和顺流。生生不息，代代递接。

据悉，早在新石器时代，位于吉林东南边地的白山就有人类活动了。薪薪火火，不妨把目光从远古拉回到现实，白山人赖仗着丰饶的“立体资源宝库”，其生长历程、生产方式、生活内容、生命意识都伴随着绿色绵长和绿意汹涌。而当下的白山，下辖临江一市、浑江江源二区、抚松长白靖宇三县，拥有一万七千四百八十五平方公里土地和一百三十万人口，是多民族人民的聚居地。这，是我能够说清的数字。其实，白山是个谜。谜面是山，或者是水，谜目是山水的通道，而谜底深藏在白山人的心中。白山人喜欢沉默，沉默地笑，那张底牌在心中浮游，且闪耀。

闪耀在我眼前的呢，却是一片绿，一片一片绿。莹莹的，碧碧的，无异于身边的树木，或此或彼。

曾经，作为白山形象的评审委员，我在芸芸作品之中，毅然选取了“在白山行走，为绿色停留”的宣传语。我知道，我有足够的理由。

到白山去。到平畴沃野、江宽河长、峦叠岭峭、草茂花盛……的白山去！我迷恋这样的白山，视白山为放浪形骸的理想国。哪怕，纯属我自作多情。

白山的私藏，说厚也厚，何止一座长白山！何止一条鸭绿江！当然，说薄也薄，无非一白一绿，无非一静一动。

既是一种精神，白就白到山顶；也是一种情怀，绿就绿到水底。

山顶与水底之间，白山绿梦，葳蕤无际，所谓向未来要希望，所谓向希望要未来。

当我走进这里的山水，这里的山水也在走进我。恍兮惚兮，同如庄周与蝴蝶。

在江水的流动中，我看到了一个亮丽的白山；在参花的绽放中，我看到了一个摇曳的白山；在英雄的气概中，我看到了一个倔强的白山；在百姓的笑意中，我看到了一个温存的白山……

那么，请覆盖我吧，让我变成一个快活的孩子。

二

不说长白山，不说。不说白山的最高、最壮、最奇、最美。

无语的长白山教会了无语的我。

有山必有石，有水必有石。

石是山水的魂。

一花一世界。不，一石一世界。幸好，江源给了我一个进入的角度。

石者，松花也。

追根溯源，松花石的生成有十八亿年的历史。实际上，它是由于海相运动过程中淤泥留在海底，又经过冲撞、挤压、沉积，最后形成。其中，主要的成分是石英、云母、黏土和少部分金属矿物质。

而在东南边地，首先开启人们心智的是砚，名曰松花砚。石，只是有一种材料，所谓原石。手艺人从原石的打磨中“揪”出了砚，外达中通，直逼肇庆的端、婺源的歙，康乾二帝视为“大清国宝”。于是乎，优者为贡，余下散落民间。终于封禁，待山令解除，已逾三百春秋。20世纪80年代初，经多方努力，松花砚重放异彩。

奇石睡在原石里。

逐渐地，有“识”之士自觉地加入有“石”之士，队伍日益壮大，奇石脱颖频出，呈现泛漫景象。

而资源与品种突出的江源，理所当然地成为“中国松花石之乡”。在宏大的以松花石文化为主题的中国松花石博物馆里，展示着数以千计乃至万计的艺术品，在灯光和背景的映衬下，绿衣天姿、紫袍玉带、黄金裹玉、木纹、虎皮纹、核桃纹，令人目不暇接，驻足流连。似锦缎，似云霞，似奔马，似睡蝶，似一帆风顺，似人生几何……真的是，要多奇妙有多奇妙！要多神灵有多神灵！

十分开眼，开心智。

我是沉醉过的，每一次沉醉都是新感觉。

石，就是石，混沌、粗豪、放达。何须向玉讨巧，譬如精微、细腻、圆融，赖以雕琢。

松花石，尤其自得。

目前流传的一种说法是：江源人由于生活在中国松花石主产地，觅石、赏石、爱石，由来已久。现代的江源人仍然保留着尊敬石头、崇拜石头的习俗。把造型神奇、质润色美的松花石当作“镇宅、避邪、纳福、呈祥”之物。

石不能言，赏家有赏家的趣味，藏家有藏家的道义。

奇石成全了不少商人，也满足了不少文人。我认识一个半商半文的友人，藏着孔子、庄子、苏东坡和鲁迅等一系列的大人物，很有些样子。见到真品的时候，我都傻了。傻了，他也不肯搭理我，自顾着自地得意。

三

临江，临江，临近江水。江水是绿色的，而记忆却是红色的——红色百年。

1927年的春天，日本帝国主义侵占了朝鲜，又觊觎中国，用尽各种手段，非要在一江之隔的临江设立日本驻安东领事馆帽儿山（即临江）分馆，为其在东边道的殖民统治安置据点。山雨欲来，临江的十万人民血脉偾张，同仇敌忾，与侵略者展开了顽强的斗争。斗争持续了两年，同时得到了东北，以及全国人民的八方声援，致使日方的设领阴谋最终破产。这场艰苦卓绝的斗争，历史上认定，是“九一八”事变前东北边疆反战的号角，亦即当年“反日运动的转折点”。

另一个转折点，便是解放战争中的“临江保卫战”。

时间定格在1946年的冬天。12月11日至14日，围绕着主力部队是留在南满坚持斗争还是撤到北满保存力量的大问题，时任南满军区司令员的萧劲光和政治委员陈云组织召开了军区师以上干部参加的“七道江军事会议”。会上，群情激昂，各抒己见，争执时断时续，陈云最后结论：“我们不走了。一个纵队也不走，都留在南满当孙悟空，在长白山上打红旗……”2月17日，保卫临江打响了第一战。接着，第二战，第三战，第四战，直到把国民党十万兵力打得落花流水，全线崩溃。四保临江，无疑为加速东北和全国的解放奠定了基础。

历史，燃烧着这片土地上的血与火。

几十年后的临江，这片红色土地正在积极地前所未有地实施着绿色转型，已呈大好局面。

花山镇老三队村乃临江的一个细部，尽管我是蜻蜓点水，却也水光潋滟。于潋滟的柔波里，挂着醒目的招牌：彪哥煎饼。简单四个字，凝缩着不简单的意味。匆匆奔过去，深入屋内，一片妇女的笑脸及笑声。递过来刚刚刮出的煎饼，让我品尝，果然又薄又脆又香。嘻哈之间，脑袋出幻觉了，自己竟然一身军束，不由得唱道：“送给咱亲人解呀放军，哎咳哎咳哟……”

四

长白县境内，排列二十四道沟，沟沟藏着精华。

十五道沟是典型，堪称代表。

所谓：“南有九寨沟，北有十五道沟。”

不是吗？一进入景区，完全换了个人。先是打着伞的，伞外细雨霏霏。走着走着，伞也不知哪去了，沿着蜿蜒的小路前行。更贪婪的是耳目，听惯了市声，看惯了市容的耳目，在这里忽然变得聪明，耳之聪，目之明。

一幅幅的山水画卷，一处处的艺术灵光，千柱峰、石柱崖、母子瀑、九霄天梯、密林栈道……

我是在梦里游荡吗？游游荡荡。不，眼前是，纵横的山，交错的水，山山水水皆生动，完全进入到美学范畴了，完全升华到哲学意味了。不，水山即美学，即哲学。我尤其倾心于“天书成册”。石柱整整齐齐，如书书拥挤。

哦，我终于找到了阅读白山的一个入口，并由此展开我无限的情思。

辛弃疾显然比我更痴缠：我看青山多妩媚，料青山看我应如是。

是？还是不是？

在山水这幅画卷里，人呢？不过一粒红尘！

沉沉的十五道沟，霏霏细雨，做着轻轻的好梦，一如望天鹅……

五

人生，接近花甲，到底想要什么呢？

若能清俭内心，一切兴许安宁。

步入清清爽爽、松松软软、逍逍遥遥的孤顶子村，方才得知，它竟然就是传说中的锦江木屋村。村，从古到今，一直袭用，诗情画意贯注。五言句屡见不鲜："暖风医病草，甘雨洗荒村""舟船如野渡，篱落似江村"。七言句更加俯拾皆是："借问酒家何处有，牧童遥指杏花村""山重水复疑无路，柳暗花明又一村"。

毋庸讳言，烦扰半生余，逐渐地，我的骨子里愈发向往古代的那种散漫、散淡、散仙的无目的生活。

不容易，看似低调，实则奢华。

锦江木屋，给了我再一次冲动的机会及怀想。

从五十岁开始，我想明白了许多。该抓住的，我要拼命抓住；该放弃的，我要尽量放弃。人只活一生，知天命的年龄，还在玩万花筒的把戏，没意思了。什么是有用？什么是无用？萦绕于怀而且未曾实现的一件事是去乡下教学。实际上，作为离开十年的知青，我在1987年回访舒兰县平安公社永和大队时，便萌生了晚年去那里教书的念头。说不清的一些原因吧，再也没有踏进我的第二故乡，尽管去乡下教学的梦想时常闪烁。而眼下，我已经望得见曾经模糊的退休线，宛如我已经望得见曾经模糊的地平线一样。的确，我辛劳过了，我苦恼过了，为生计，为名誉，数十年里，几乎废掉了血肉的我、核心的我。

不是去做陶渊明“晨兴理荒秽，带月荷锄归”，不是去做白居易“远芳侵古道，晴翠接荒城”，而是去做一个义工，教育的义工。

这个义工将在安适、恬静、充盈的背景下工作。

的确，这里是一个可以让人放低身价和骄慢的所在，低到山野，低到村庄，低到生命的基因与基调。质感的生长历程、生产方式、生活内容、生死意识伴随着绿色绵长、绿色汹涌，一切都在时间之下，一切都将化为恒永的岁月。

同为中国最美的古村落，我前年去了远在天边的白哈巴。在主人毡房里，我一连喝了三杯奶茶，深深感染着牧民的真情。暗忖，村里需要我吗？需要的话，就把讲台安放在西北第一村，我愿意跟图瓦人共度日月。现在呢，我又来到近在眼前的孤顶子。新建的木刻楞（木屋），一座座，一排排，完全是老旧的模样，套话叫修旧如旧，文物级。正是吃午饭的时候，东家豆腐，西家豆浆，串过两三家，就半饱了。试探着问村民，租一间木屋多少钱？她说好些的要四百，差些的要二三百。她肯定是把我当作游客住宿了，回答我的是一天的价格。

怎么跟她说呢？

很想告诉她，我要长年居住下来，租个普通民房，趁我的思维、心智、手脚还都算好，在孤顶子弄个辅导站，经常性地给孩子们补一些基础教育课程：数学、语文、外语，植物、动物、人物。

做个——纯简的人。

我的意思是：纯粹，简约。

这个当口，手机里忽然传来一条微信：山月不知心里事，水风空落眼前花。我是不是没戏了？

六

我遇见英雄了！不错，我遇见的是英雄的雕像。

他叫杨靖宇。

对，他从前叫马尚德。崇尚的尚，品德的德。

雕像矗立在英雄殉国的密林里，那是杨靖宇倒下的地方，浩气冲天。旁边，伴着一棵挺拔的沙松，以象征的名义唤作常青树。天空朗阔，林海苍茫，只为衬托一个英雄，仿佛。

默默地鞠躬。一……二……三……

请允许我郑重截取一段英雄简介：杨靖宇（1905—1940），原名马尚德，字骥生，汉族，河南确山县人，中国共产党优秀党员，无产阶级革命家、军事家、著名抗日民族英雄，鄂豫皖苏区及其红军的创始人之一，东北抗日联军的主要创建者和领导者之一。1932年，受党中央委托到东北组织抗日联军，历任抗日联军总指挥、政委等职。率领东北军民与日寇血战于白山黑水之间。他在冰天雪地、弹尽粮绝的危急情况下，最后孤身一人与大量日寇周旋战斗几昼夜后壮烈牺牲。

时年，三十五岁。

牺牲前，大致是这样的细节——由于叛徒出卖，抗日联军被包围起来。杨靖宇坚持让主力部队转移，而自己领着一小支队伍牵制敌人。连续战斗了三天三夜，身边只剩下两名小战士。安顿他们休息后，他一步一步向屯子走去，想弄点儿吃的，却被敌人发现了。敌人蜂拥而上，杨靖宇狠狠射击，直至剩下一颗子弹，朝自己的太阳穴开枪，敌人吓得目瞪口呆。

更令敌人目瞪口呆的是，当他们对杨靖宇进行解剖时，发现他的胃肠里竟塞满了草根、树皮和棉花……

我仰望着叱咤风云的人物雕像，久久追思。蓦地，我的脑海浮现出另外一位将军，他就是比杨靖宇大十一岁的叶挺。皖南事变中，被国民党关押重庆狱中，百般威逼利诱，叶将军以《囚歌》明志：

> 我希望有一天
> 地下的烈火
> 将我这活棺材一齐烧掉
> 我应该在烈火与热血中得到永生！

杨将军和叶将军永生，不死，不苟且。

六年之后，英雄洒血的濛江易名靖宇，以示纪念。

后代，后代的后代，一代一代的靖宇人，凝心聚力，奋发图强，不辜负。

七

到白山去。到白山的临江、浑江、江源、抚松、长白、靖宇去。

去那里濯濯足，去那里洗洗心。

白山是一部大书，每一个章节，每一个页码，乃至每一个标点符号，都令人赏心悦目，令人生发意犹未尽的爱恋及想念。

尽管，我还清醒着。在广袤、丰饶的白山，我充其量是一片云，一片过客般的云。

而有时，我会恍惚，会感觉白山在我的呼吸之间，云一样飘起又落下，落下又飘起。

其实，我更会经常性地把白山想象成一片海。在绿色的海洋里，花朵的心思才掩饰不住呢，也无须掩饰。就那么放肆地红给你看，蓝给你看，橙给你看，黄给你看，粉给你看，紫给你看……盛装演出似的，合谋着一个又一个争奇斗艳的季节。

两千三百余种植物中，无花族极少。有花的植物，漫山遍野地跃动着，跃动着，纷纷“花”给你看，无垠的花海……

我在白山的花香四溢的山水画卷里，看到起伏了，看到跌宕了，看到平平仄仄了。

耳边，忽然响起那一首流传至今的罗马古歌——

如果你找到的比我好，那就忘掉我；如果你找到的不如我，那就记住我。

白山啊，如此明快，而又如此透亮！

回 乡 记

老实说，平安之行，我是不大敢称自己是还乡的。既失青春，又无锦缎，还什么乡啊?

只能是……回乡!

回到生命中的第二故乡。

那里有奇幻的美景吗?没有;那里有奇妙的美食吗?没有;那里有奇绝的美人吗?没有。

然而，我要回到那里去。

去就去嘛。仿佛一瞬间，吕延辉驾驶的“汉兰达”便把我们送到了那里——我的藕断丝连的平安。

对，我们。韩温江、张廷臣、我。

温江、廷臣，包括延辉，听说我回乡，积极伴随，特别动我情肠。不过，我习惯于更深层地领会：是特别的旧雨新知动了特别文学的情肠。

最初的计划，一改再改，一拖再拖。

1977年7月27日，先是坐火车，后是坐马车，十八岁的我以一个知青的身份近乎狂热地投入舒兰县平安公社永和大队第四生产小队的怀抱。斗转星移，整整四十年又两个月，亦即2017年9月27日，我再次踏上了这片情切切、意惶惶的土地。哦，除了天上的云和身边的风似曾相识，从前的三中、朝二中、电影院、供销社，以及杂货市场完全变了，有的变陌生了，有的变模糊了，有的干脆没了。我呢？无论怎样努力，也不能使它们在记忆中一一归位。执意去寻电影院，去寻当年七七八八的知青看《洪湖赤卫队》的细枝末节。实际上，这部老片早已被中学时代的我们看熟了，看烂了，看烂熟了，之所以还会跃动着披星戴月地到三五公里远的公社去看，其意义或意趣恐怕已不在电影本身了。那是什么意义或意趣呢？天不知，地不知，知青的男男女女也不知。自然，也不白看，知青劳作间歇，来兴致呢，则选其中的几句台词搭戏，好一番快活。许多个不睡的夜晚，《洪湖水浪打浪》《小曲好唱口难开》《看天下劳苦人民都解放》的男腔女调，缭绕在集体户房舍，声声断断。可惜了，电影院不复存在，取而代之的是一家与文化毫无关联的冷冷清清的商铺。

我不甘心，直奔平安站。“岿然不动”的候车室，比昔日更加斑驳，这反倒激发了我的思古之幽情。我慢慢走近它，又慢慢走进它，里面空无一人。顺着检票口步入站台，恰好有一列绿皮火车停在前方的轨道上，做了我“永久的纪念”的背景……

无论哪一个，无论愿意不愿意，残破的生活，漏掉时光。或许，我是那沉湎往事、醉心缝补的笨瓜？没关系，刻舟未必求剑。

二

尽管“近乡情更怯”，何以“不敢问来人”？

天色苍茫。夜，迅速笼罩了平安，并且，把我们“逼”进了潘家大院。人可以形而上，肚子只能形而下，那还客气啥？吃饭吧！菜呢，就一个：地锅鹅。我不喝酒的，只抿了两口北大仓。饭菜什么味道，根本没在意。是的，我的心思在张宽甸，即永和大队一、二、三、四生产小队的所在地。生产四队的政治队长张文学，此刻坐在我的左侧，一脸淳朴的笑。他慢声慢语地告诉我，永和大队改永丰村了，原先的一队二队合成一社，原先的三队四队合成二社。询问他的年龄，已经六十七了。再看他的状态，依稀漾着早年的精明与干练。能跟他的精明与干练有一拼的乡民，自然是邓玉昌。又瘦又高的邓玉昌，农活不让人，嘴更不让人，曾经带给过知青很多“接地气”的乐子。提及他，张文学呷了口酒，道：“他就住在平安镇里，得脑血栓了，你要是想见他，也能来。”我确实想见他，乡民中的一个亮点。记得，他当兵之前，还专门到户里跟知青“恋恋不舍”来着。但是算了，我摇了摇头，不见了！

我是一个理想主义者，经常给现实加进一些绮丽的色彩。回乡之前，我甚至希望队里召集乡民开个见面会。不，就是我掏腰包请乡民吃个便饭。这样，我可以在短暂的时间里与乡民一一相认、相握、相谈，然后相别。在同乡民相处的日子里，或浅或深，或淡或浓，都留下了印象，比如，大队书记、大队卫生员、小队会计、保管员、车老板、饲养员、妇女主任、电工，他们虽不跟社员一起下地，却也比较频繁地接触着。虽然不那么火热，也都暖眼暖心的，一个是一个。在我的心上，格外惦记着两个年轻人：一个是姚传喜，一个是王勇祥。1979年，他俩在三中准备高考，跟我一样复习文科，相互便有所熟悉。那一年，大家都落榜了。我选择继续拼争，据说姚后来务农，王去大队做了民办教师。问张文学，方知姚依旧务农，王已于春天病逝。俱往矣，一时不是滋味。

人生非梦，亦非烟……

在永和，在四队，与九男十女组成了另外一个家庭，名曰集体户。户舍是原来的生产队队部改造的。所谓改造，便是保持着泥草框架，仅仅在屋内盘了南北两铺大炕，中间砌一米高的砖，上面再用胶合板隔断，顶端空出一尺高透亮。这样的结构，客观上便利了青年男女的沟通。白天多用话语，夜晚多用歌声，其乐融融，也一片祥和。社员们到户里串门儿，见男生女生之间打情骂俏，直瞅得愣眉愣眼的。兴许，也流口水呢。

户舍对面是大队队部及卫生所，左前是仓库，右前是马厩，看上去无异于一个四合院。院子里是最热闹的地方，白天夜晚不断人。派活，开会，办集体伙食，堪称生产四队政治、经济、文化、娱乐的中心。知青落户不久的一天夜晚，队内开批斗大会，“历史反革命”孙敏政、“富农”刘文汉、“右派”王颖三位“坏分子”在昏暗的灯光下向社员“低头认罪”，就是在仓库里进行的。

批是批，斗是斗，他们的子女似乎未受影响，种田地归种田地，赶马车归赶马车，该怎么乐呵还怎么乐呵。

我却没敢再进过仓库，总觉得那里阴森森的，藏着牛鬼蛇神。

除此之外，四合院几乎都是诱人的一幕又一幕了。

尤其在晚上，男女老少闲着就往这里聚，歇脚儿的、耍嘴儿的、卖呆儿的……聚成一个海，偶尔还有露天电影放映和二人转演出，则会掀起喧嚣的巨浪。

与户舍东墙相连的乃是队里的磨米间。稻粒脱成大米，只有在这里完成。对了，磨米间无门，公家私家，推上电闸即可干活，拉下电闸即可收工。农历八月十五出新米，撩得知青睡不安稳觉，于是半夜里起身，用脸盆取回来烧火做饭，油浸浸、香喷喷的大米饭无须佐菜，直接填满了肚子。

二

人生过了大半，往事的碎片逐渐泛起了光亮。然而，在这些光光亮亮中，知青的情愫、情趣、情思与情怀愈发闪烁，闪闪烁烁。

我是不怎么敢回味的，我怕我的回味里掺杂着魔幻似的遭际及假想。

头一次回乡，已是三十年前的事情了。那次回乡，轻描淡写，心里留下诸多的遗憾。渐渐地，连遗憾也是风一吹，便莫名其妙地化为乌有，像粮食被掏没了的空仓。

我以为，我跟它没关系了。一空，就空了三十年。怪谁呢？要怪只能怪岁月。

这是我第二次回乡。此前，欲联系当年集体户的户员，最好结伴而行，终于作罢。还打算从当年启程的吉林北站上车，依次闪过棋盘、金珠、亚复、大口钦、丰广、吉舒、东富、舒兰、水曲柳的站牌，抵达平安站，然后一步一步地走回户里，终究未遂。

末了，我得到了一个喜出望外的途径。条件是，我得先给舒兰市文学爱好者讲两个小时的课，一个半小时也行。讲就讲吧，讲讲《文学和我们的生活》。无须讳言，这是一个大题目，两天也没法讲透。不过，我还是据个人经验，尽量捞出些干货。两个小时下来，听者意犹未尽，非要合影留念。可以呀，只要不烦我，合个影，留个念，挺圆满的嘛！不急，原计划晚上也是睡在平安镇的。

早早地睡下，只为早早地起来。实际呢？借上厕所之机看了时间，凌晨1点42分，岂料再躺下却不会睡了，只好赖在床上“烙饼”。直到公鸡啼鸣，直到轻手轻脚走出沐泉阁洗浴中心。不远处，忽见“平安粮库”字样，顿生亲切感，便顺着图示下道，是一家牌子很亮的粮食贸易公司。猜想，应为四十年前的粮库旧址，却没一个行人可问。

秋意浓，独行在风中，有点儿冷……

三

从霞姐餐厅店出来，已过7点，正是阳光普照的时候。

延辉是个平安通，且重情义，为我无条件地履行着司机兼向导之责。有他在身边，我的追溯更加具体，更加细致。依我的意思，车至三中，停下来。他抬起手，指着东边的路说，你就顺着蛟金公路往前走，经过火烧街、四合屯，就可以看到张宽甸了。其实，站在三中起点上，我立马年轻如昨，年轻到知青岁月里了。这条路，当年来来回回走，多少欢喜悲忧消逝在风霜雨雪中。此刻，放眼望去，9月的稻田，由绿转黄，辽阔而芳香，好一派乡村风光。禁不住蹲下身来细看，发现近处的稻田人影闪动，正在挥镰收获。于是，我把片刻的疑惑抛给随行的温江，问："怎么不用机械呢？"答："机收太浪费粮食，粮食是农民的命根儿！"我点点头儿，好像一下子醒悟了——人收虽然繁重，但安全，也踏实，割一把是一把，割一池是一池。

是不是呢？

就这样，半小时的路程，我们走走停停、停停走走，用了两个小时的"即兴发挥"才完成。

一路上哼着忘了词儿、走了调儿的知青歌曲，幻化成故事，迷迷离离。

歌曲《小芳》的那种哀伤，油画《我的前夫》的那种恐惧，随风飘逝了吗？

我所在的集体户，大多数知青爱也爱了，恨也恨了，结局都还不错。岁月不饶人，四十年风雨，我已经记不大准他们的名字了，但是每个人的一招一式、一颦一笑、一腔一调、一心一怀，以及给予我的友善、友爱、友谊，依然完好地藏于心灵深处。我不是清教徒，见人家朝朝暮暮出双入对的，也艳羡不已，甚至把户内的单身异性琢磨个遍，终究没有选定目标。心中的目标是大学，即使几位比较亲近的，或帮着干活，或帮着洗衣，也不过蜻蜓点水，如此这般。后来，我无数次地想，幸好我没有过早地陷入爱情。

……幸好！

四

与张宽甸交叉的路口，村主任张力已经在等候了。我快步迎上去，以示歉意。他却冲着旁边的一个老头儿说：“你认识他不？”老人脱口而出我的名字。我打量来去，脑海蓦地浮现出“英俊小生”且胖且白的形象。果然是他——王化有。恍兮惚兮，一个身体单单的、声音低低的老头儿，昨是今非矣！

再问，六十四了。不过，当他一连串儿说出段学成、黄国昌、吴金荣、王玉梅、刘月华、李户长、老大、小高、小曲时，我还是惊讶于他的记忆力，并感动。集体户里的九男十女，如今散失在生活的各个角落，即使同在一个屋檐下生活过的我数起来都未必顺畅，而他念兹在兹。

我要去看后建的砖瓦结构的户舍，竟然被无情的塑料大棚取代了。向南，倒是呈现着规模大了许多的房群。凑近一瞧，原来是平安镇社会福利服务中心，即敬老院。再南，便是成片的玉米地了。记忆中，与玉米地隔道的西面也是成片的玉米地。当年看青，我的主要职责就是护卫这两大片玉米地。一心为公的青年，不知留下了多少辛劳的身影和杂乱的脚印。回想那时候，我其实跟假模假样的稻草人没什么区别，不过是移动的稻草人罢了。我在明处，偷青的农民在暗处。他们在我面前，一个个尽显狡猾，躲得过则躲，躲不过则主动搭话。我远去了，偷青人的眼睛和耳朵便也及时转换作用。成熟的玉米，那会儿姓公也姓私。机会总是属于好事者，大家返城探亲的前一天夜里，几个知青趁机鼓动去我白天兢兢业业护卫的玉米地“收秋”，而我只有跟随。没办法，年轻的我纠结归纠结，却不能成为叛徒。大家掰玉米的声音，刺得我心头一阵阵地痛，默祷也于事无补。最后，几十个大包小裹塞得满满，掩藏在路边的草沟里。第二天清早，大家手拎肩扛地奔向火车站。据队长陈绍武后来说，他当时就站在村口，把这一切默默地看在眼里。

四十年后，我想见到昔日那些熟悉的面孔，陈绍武是首位。如果见到他，我一定会当个玩笑提及这件事。玩笑？玩世一笑？

王化有自顾自走了，好一会儿，又来告诉我，陈绍武去割地了，可能一会儿回家。好吧，我就请王化有带我先去看刘列学。刘列学是我知青时期最要好的乡民，老实说，他家的饭碗我没少端起，尤其是他母亲腌制的咸菜特别好吃，令我念念不忘。不巧，列学到镇里去买鱼买肉了，只有嫂子在家。嫂子让我进屋吃新烀的玉米，我跟列学通完电话，便拐进屋内吃上了。半穗儿没吃完，我便急着跟嫂子告别，因为想去看看隔壁的刘列喜，列学的二哥。二哥时为永和大队小学的民办教师，家里的文学名著一本一本地供给我阅读。我对列喜怀着两个小愧疚哟：一是他把学校的二胡借我，被老大一不小心坐折了琴柱，虽然修理后还回，却没好意思告知；二是他打算转民办身份为公办，请我找朋友帮忙，我听说难度太大就放弃了。见到列喜后，旧貌依然可寻，旧情依然可感，却找不出曾经共识的话题了。正说着话呢，张喜森进得门来，他跟列学走得近，公办教师退休，工资卡里月月进项四千余元。实际上，我方才见过张喜森了。他当年属于三队人，但不干农活，靠修家电的手艺赚钱，而且会一点武功，名扬平安公社。我经常去他家里，是跟他的弟弟张喜山近密，对他自然也比较了解。路口处，正在推销药，围着凑热闹的人。走过去，发现人堆儿里的姚传德，彼此交情匪浅，我曾经把母亲为我做的劳动布裤子慷慨地送给了他。可惜，他只跟我搭了两句话，再没有下文了。我忽然联想到了闰土，尽管我远非鲁迅。尴尬着呢，张喜森上来笑嘻嘻地瞅我，瞬间唤回了我的记忆，那个黑瘦黑瘦的嬉皮士一样的老模样。呵呵，他现在果真是老模样了，黑瘦黑瘦的，挓挲着胡须，一脸酒气。不过，这个老模样，热情、率直、诚恳，我喜欢。

队里的人，被我一一问起。也只有在这样的时刻，我才知道自己的心里原来装着众多的乡民。列喜和喜森一一告知我每个人的状况，除去搬走的、去世的、出去打工的，队里剩下的熟人已经十分有限。哦，我无数次设想过的情形似是而非，岁月流逝得太快，只留下影影绰绰的一只尾巴。

可以看到刘喜君吗？

列喜知我心，迅速从兜里掏出手机，通话后说："在地里干活呢，马上回来。"

我竟然有些兴奋。我兴奋什么呢？当年的刘喜君，是乡民中的典型代表，优点多，缺点也不少。明里暗里，大家叫他"大吹""老吹"。什么事，经他一煽呼，没边儿没沿儿了。也没什么了不起的事，他过他的嘴瘾，人过人的耳瘾，都挺过瘾的嘛！

刘喜君耿直，跟集体户打得火热。知青的内情，他掌握得最多；他的内情，知青掌握得最多。迁入新的户舍之后，户里有人惦记他家的鸡鸭鹅了。一天黑夜，在户里的全体户员出动，悄悄摸进了他家的院子。听外面有异响，他机警地出来探查，碰上了没经验的几个女生，问：你们干啥呢？答：找东西。东方既白，刘喜君寻思过味了，什么东西在我家院里呀？再去禽笼看，什么都没了，恍然大悟。于是，气咻咻地来到户舍，透过门玻璃一瞧，拔光了毛的禽类大模大样地摆上了锅台，像示威一样。

一晃四十年，很想去他的家串个门儿。刚到院外，刘喜军骑着自行车从南边过来，双手紧握着我的手，甚至有些激动。我被他的情绪感染着，往事一件件袭上心头，又袭上嘴边。眼下的他，六十八岁，身体硬邦邦的，一脸的快慰与幸福。"还喝二两不？""喝，见天喝。肥肉不吃，瘦肉塞牙，一生气就吃大豆腐、干豆腐。"

话毕，他邀我进屋喝酒去。还真没唠够，可是我有那么多人要看呢，至少我要在张宽甸的一、二、三、四生产小队游游逛逛，捡拾哪怕是昏黄的支离破碎的记忆。所以，婉言谢绝了他的盛情。

已经是日上中天了，可陈绍武还没有回家，这使得我的兴奋里多了一丝遗憾。

五

如果记忆不错的话，陈绍武应该是我见到的第一个永和人。

他敦实、憨实、务实，身为生产队长，又是房挨房的邻居，给我们这些远离父母的知青许多关心与照顾。晚上，有事没事，知青一抬脚，就进了他家。要吃啥吃啥，要喝啥喝啥，他的胖弟胖妹，也成了知青的胖弟胖妹，亲如一家的感觉。接受这样的“贫下中农再教育”，很痛快，很舒服，也很逍遥。

众所周知，他家穷，比一般人家穷。当时欠着队里四千元，谓之为挂账。这个数目，相当于今天的四十万吧？我一直好奇，这笔账后来是怎么平的？尽管他当时一身的力气、一脸的笑容。

特别感激的另一个人，叫朱诏麟。

是他首先选中了我，田间地头，一得闲，就粗腔粗调地给我讲古今中外的文学。20世纪60年代，他是哈工大的高才生。命途多舛，后来落为地道的乡民。不胜体力的农人，心中装满了“无限江山”。他给我讲曹丕和曹植，讲《七步诗》：“煮豆燃豆萁，豆在釜中泣。本是同根生，相煎何太急？”他给我讲陆游和唐琬，讲《钗头凤》：“红酥手。黄縢酒。满城春色宫墙柳。东风恶。欢情薄。一怀愁绪，几年离索。错，错，错。春如旧。人空瘦。泪痕红浥鲛绡透。桃花落。闲池阁。山盟虽在，锦书难托。莫，莫，莫。”我当时年轻，记忆非凡，听两遍也就背诵下来。他还鼓励我考大学，鼓励我写诗歌散文。我能够有今天的发展方向，赖仗于他的早期指引。

下乡之初，我只是个意气风发的青年，一心好好干，早些抽工返城，跟哥哥、弟弟、妹妹一起报答父母的养育之恩。是陈绍武们或多或少地抚慰了孤单之我，是朱诏麟们或明或暗地点拨了迷惘之我。

我的“桃花依旧笑春风”的永和啊！

六

曾经，五常大米闻名于世。私下里，我很为平安大米抱屈。同样的天时、地利、人和，差在哪儿呢？

一个是出嫁的新娘，一个是待嫁的闺秀。做知青期间，耳濡并目染，身体并力行，使我逐步学会了从播种到收获的全部知识与技能。平安大米，昔日贡米，尤以金星、华丰、长发、永和……为胜。时尚一点儿形容，恰似“低调的奢华”。乡民不顾天下事，只管好好劳动，好好过自己的日子。

春去春又回，秋短秋又长，一切都在日子里。高考的冲刺阶段，我默默地远离了村庄，默默地远离了乡民和知青，孤军奋战。或许，他们不知道，在苦苦复习的间歇里，我总会不由自主地想念他们。对，想念，无声无息地想与念。

心血汗水，1980年盛夏，我终于拿到了大学录取通知书。

没有谁为我送行。

七

“轻轻地，我走了，正如我轻轻地来。我挥一挥衣袖，不带走一片云彩。”平安，我的第二故乡，当然不是徐志摩的康桥，没那么诗情画意。事实上，它太过粗糙、杂乱、破旧、浅薄，甚至颓败甚至荒凉。不过，我爱它，由表及里地爱，爱到骨髓里，化作一片又一片闪亮的梦，抚慰着我的“路漫漫其修远兮”的人生之旅。

不错，它埋藏了我青春的血汗、困顿、忧伤、失落、企求与热望。

偶尔心意沉沉，也曾愤愤地想：平安就是一个废弃的啤酒瓶子，以后永远也不会捡回来。

之后的四十年里，苦苦甜甜，平平仄仄，是生活一点一点地唤醒了我“冷冻的记忆”。终于领会到，我的精神上的那些硬东西，都是在“广阔天地”里练就的。比如，坚定、坚贞、坚忍、坚毅、坚强、坚决。

笑问客从何处来？才不管呢！悠悠然，独自穿行于张宽甸的房院、田埂、沟塘、树木之间，一趟又一趟。见到老相识，便凑上去聊聊；见到新花新草，则蹲下来嗅嗅。此时此刻，我觉得我是这片土地上最忘情的人了。

……似水流年等闲过。哦，乡村路，带我回家！

大地上的恩泽

天下好，以山水为显要。一方山水一方人，五常适得其所。古往今来，充分展示着人与自然的关系，拆也拆不开。生存及生活，生生不息，成就了一代又一代的冀望，延延展展，展展延延。或故事，或传说，比昨天美好的当然是今天，比今天美好的注定是明天。

何谓五常？仁、义、礼、智、信。

文化落实在乡土上，陆续催生了举仁、田义、崇礼、尚智、诚信五个甲社，遂称“五常堡”。设治时，沿袭了“五常”风化了“堡”。

咸丰年间的旧事了，始于放荒开垦，不提也罢。

地理概念的五常，东靠张广才岭，西、北连接松嫩平原，东南部较高，西北部较低，高低之间乃为丘陵。

毫无疑问，恩泽的五常与五常的恩泽，滋养了这里的子子孙孙……

城 之 悠

五常先古叫什么？不得而知。

四十二年前，我以一个知识青年的身份，下乡在吉林省舒兰县平安公社。每次从老家到集体户，坐火车差不多需要两小时。途经棋盘、金珠、亚复、大口钦、丰广、吉舒、东富、舒兰、水曲柳，抵达平安。下一站，便是五常。

那时候，年轻气盛，总想突破省界，了解一下黑龙江省的五常什么模样。

挂锄的日子，搭上几个户员就去了。青春的身影穿行在陌生的空间里，那是我有史以来放足最远的地方。看的什么景？吃的什么饭？发的什么感慨？全无具象可拟。晃悠小半天，连五常的脸都没摸到，甚至没抓着五常的衣襟。

而今，仲秋时节，再次进入五常，却是随着“全国主流媒体、知名作家五常采风团”探寻这座“千年都城”的前尘往事。

我就认真了。一认真，何止千年啊？

远在旧石器时代晚期，这里已经有人类的生活和劳动了。由夏至周时为肃慎，再挹娄，再勿吉，再莫颉府，再裴满部、甲骨部、金，再刺邻，再开元路，再努尔干都司。雍正三年，在拉林设立协领；乾隆九年，改设拉林副都统。光绪六年，改设五常厅。宣统元年改五常府。1913年，变为五常县。1947年先后成立山河、拉林两县，同年山河县并入五常。1956年，拉林县并入五常。1993年8月28日，五常撤县设市。

显然，我从前对五常的认识太过于直观了，也太过于肤浅了。

而事实上呢？这条柔韧的由远及近的历史线，系着一片片的、或完整或残破的记忆，在风中飘荡。合起来，构成卷帙浩繁的大书，那是……岁月的清供。

米之尊

谚语讲得实实在在——巧妇难为无米之炊。

五常呢？不但有米，而且好米盖世！

最新消息：2019年10月9日，“第二届中国·黑龙江国际大米节”品评品鉴活动结果揭晓，五常大米“五优稻4号”夺得金奖。与此同时，在专场拍卖会上，2019元/350g竞拍成功，相当于每斤2884元。

事实上，五常大米的荣耀实在太多了，数也数不过来。别的且不说，光是“中国地理标志保护产品”“产地证明商标”“中国名牌产品”“中国名牌农产品”“中国驰名商标”这五项桂冠，就足以闪亮天下了。

好米自有好米的道理。

专家说：自然条件好，水资源好，生长土壤好，气候条件好，水稻品种好。

好米自有好米的标准。

百姓说：颗粒饱满，质地坚实，做出的饭油性大，如果将一碗米饭倒进另一碗，空碗内挂满油珠儿，剩不下一粒。

历史说：唐初渤海国时期（7世纪中叶），五常境内就有农民种植水稻了。乾隆十年（1745年），清政府指派1000户亲族旗人到拉林地区屯垦戍边。道光十五年（1835年），吉林将军富俊征集部分朝鲜人在五常一带引河水种稻，收获稻子用石碾碾制成大米送至皇城。故此，五常大米素有“千年水稻，百年贡米”之誉。

而今，五常人积极地、殷切地、义无反顾地“解决吃饭问题”。譬如“乔府大院”，譬如“北大仓”，譬如遍地奔忙的大商小商。

我来五常的时节，即将开镰收割。放眼望出去，金黄的稻浪犹如大海一样涌动，熏香了9月，以及9月里我的满心欢喜。真想翻上金浪打它一千个滚儿，然后醉倒在酥软的怀抱里……

水 之 蕴

五常河网密布，水系自然发达。即便如此，龙凤山水库始终有它不可或缺的作用，无论是昨天，今天，还是明天。

明天的问题，只能留待明天来回答。

新中国成立第九年，五常创造了一个超乎想象的奇迹，那就是在龙凤山镇胜源村建设了一座水库。我在一篇文章里得知，密云水库、十三陵水库、丹江口水库、新安江水库等著名水库均为1958年动工，赶上“水库之年”了。人心齐，水库不在话下，大干快干加巧干，两年左右的时间，3000万亩的土地完全变了个样儿！

那么，啥样儿啊？

如果仅仅是“风光秀丽”，那纯属劳民伤财了。不论在什么年代，水利工程都是企盼“功在当代，利在千秋”的。于是大家奋勇参战，无所畏惧。

终于，所有的付出换来了一座万众惊喜的龙凤山水库。

关于它，五常人有理由骄傲。简述是这样——位于五常东南50公里，以防洪、灌溉为主，兼养鱼、发电、旅游等综合利用的大型水利工程。大坝东连龙山，西接凤山，形成长15公里、平均宽3公里的水面。水面面积45平方公里，水深6米左右，极处14米，库容2.7亿立方米，控制流域面积1850平方公里，故称龙凤湖。笔直的混凝土大坝在水库最北端，坝长916米，高18.7米，顶宽6米。迎水面建有1米高的钢筋水泥土防浪墙，两侧以石块砌筑成较为平整的护坡。

触“水”生情。水，托起了周遭衣食住行的梦想。美丽并且美好！

我们乘游艇在湖上兜了大大的一圈，看景、听歌、拍照、戏闹，不亦乐乎。上岸后，蓦然回首那湖光山色，才发现自己几乎恋恋不舍了。

不舍的，是什么呢？

除了那湖，那山，还有那逝去的时光吧？我决定，我把我的心寄放在那里，从而一点一点接近它的福祉。

书 之 魂

友好村，人口2297，土地12223公顷。尽管不算大，却在五常市卫国乡的八个村当中，占个好名字，有个好态度。近年又攒了好口碑，率先实施垃圾分类的试点村，规划中的“旅游+农业”示范村。尤其2018年伊始，村民劳作之余，多了一个好去处——“乡村书屋”。

“屋”是由村委会承建的，“书”是由各界热心人筹集和捐赠的。当然，比不得城市图书馆里的阅览室、资料室，却也容括了政治、经济、科技、文化、艺术、军事、工业、农业，等等，一架一架的，该有几万本吧？看上去蔚为壮观呢！

或许，村民们不知道高尔基，不知道“书籍是人类进步的阶梯”；

或许，村民们不知道培根，不知道“知识就是力量”。

连电视里很红很红的董卿也不知道，什么“我始终相信我读过的所有书都不会白读，它总会在未来的某一个场合帮助我表现得更出色”呀？

太高深了，太风雅了。在这里，能看下去的……就好！

2019年9月23日下午，采风团“到此一游”，并把备好的作品集摆放在桌面上。主办方兴致勃勃，搞了个简短的捐赠活动，还摄了像，很有仪式感的。我的散文集《无限春风》和诗集《宛如流水》，寄寓着我的期望交给了乡、村两级领导。老实说，我没有打开塑封，是故意留下一个伏笔，我想我再次到访时，会不会看到它们被人阅读。不管是什么人，都是我的知音。

走出“乡村书屋”，几位村民用目光送行。阳光暖暖地照在他们的身上，似乎夹带着浓郁的意犹未尽的书香。

真实的碎片

友谊太脆

友谊向来是人们看好的一种关系，说它像太阳，是觉着它温暖；说它像月亮，是觉着它温馨。总之，说它像什么，都有其自身体验，与时间差不多。谁追求友谊，谁就可以获得它，不像爱情——或者踏破铁鞋无觅处，或者得来全不费工夫，弄得人魂不守舍。友谊的核心是义，重义之人则朋友者众，薄义之人则朋友者寡，无义之人则无朋友可言了。

我曾是个乐观的人，也以为友谊好，冷了热了皆能助上一臂之力。旧日里，正是依靠友谊的支撑，我活起来才觉着淡淡有味，像郁金香一样。

可惜的是，转瞬四十年，数来数去，我竟不敢相信什么东西是永恒的了。近处的友谊不堪一击，远去的友谊也只开放在记忆的深处。物质化的现实中，友谊成了一块又薄又脆的饼干，承载不起太重的人情。

更多的事实提示人们，友谊是个美丽而且遥远的概念，放入个人的嘴里，一抿就化了，留在唇齿间的只有淡淡的回想。

人情太费

如果我问，人情怎么个价码？恐怕许多人会朝我翻眼皮，情义无价嘛！

可事实上，情义是有价的。只是情义的价位在人的心里，不挂招牌，一次性消费多少，自己衡量着办。

我说的是现在。从前好多了，从前人们情来义去的，比较纯粹。现在呢？现在是市场经济，时过境迁了，还拿从前那一套来装傻，肯定混不下去了，最终免不了让人背后戳手指头。

不说婚礼，不说升职，不说乔迁，不说换岗，单说朋友之间的请客吃饭，本是兴味所致，也有个相应的价码，至少得与宾客的期望相符，而宾客的期望总是水涨船高。我从前不通此道，经常赴朋友邀约，后来有话传入我的耳朵里，说我请客吃饭总在家里，言外之意，是指责我的小气，而删除了我的情义。

情场义场如同商场，没有充足的钞票，还是不逛为好。否则，逛来逛去，要么把自己逛成吝啬鬼，要么把自己逛成穷光蛋！

“三缺一”

从字的组合来看，“三缺一”究竟什么意思呢？不大清楚。若按句子成分释义，首先应该是：“三”的里面缺个“一”。

顺着想下来，“二”就是结论。……错啦！

事实上，“三缺一”是尚未成局的局，三个人在召唤着另一个人。换句话说，三个人凑在一起了，都抓耳挠腮地要打一场（麻将或者扑克）牌，阵势也摆开了，就差那么一个参与者，正所谓虚席以待。这个人，不管男女，不管美丑，不管贵贱，不管强弱，只要肯参与，立刻成了“最可爱的人”。

上场则是另外的风云了。挑战者要出示挑战者的本事，应战者要出示应战者的能耐。除了本事和能耐，就看运气了，胜败不相信眼泪！

可惜，经常的情形却是这样：三个人已经坐定，却迟迟不见那个“一”；你这边猴急猴急的，那个“一”却抽不出身，让“三”少安毋躁；最要命的是，刚打到兴头上，其中一位说有要事，得离开个把小时。余下的“三”只好等待，像等待戈多一样，直至自动散了牌局。

本来就是玩玩而已嘛，偏要视打牌为战争。这下，“三缺一”的阵势一旦摆开，自然就化作了战争前抑或战争中的煎熬，既煎熬着“三”，又煎熬着“一”，谁都挺不是滋味的。

做什么样的人

“做什么样的人？”凡是有头脑的人，应该都想过这样的问题。然而千百年来，又似乎没有谁得出圆圆融融的结论。

小时候的向往是最执着的，也是最纯粹的。做个科学家吧，或者医生、军官、教授、总裁、富豪、外交大使……说不出太多的理，只是想做个自以为风光无限的人。

随着岁月的流逝，越来越多的人被现实撞碎了美梦，留在记忆深处的是一些瑰丽的残片，偶尔地映照一下自己。依然在想，做个什么样的人呢？

这是一个人人都想的问题。

越是对自身的角色不满，想得越多。

无所谓贵贱，无所谓高低，梦想成真的科学家、医生、军官、教授、总裁、富豪、外交大使……即便是自己最为辉煌的时期，依然会想另外一个自己或许更好。

更好的人，应该是那种“在什么山上唱什么歌”的角色吧？事实上：恐怕人人都“这山望着那山高”——是啊，我要做个什么样的人？

……中国人的好梦里，少不了皇帝梦。

统治了中国六十一年的康熙大帝，临终感慨却是：“在中国做一个皇帝，是一种多么大的牺牲！”

关于广告

A

时下，对我们的生活最具有冲击力（抑或杀伤力）的，恐怕就是广告了。

每当新的一天进入我们生活，相伴而来的便是无法躲避的各类广告。你要看电视吧，广告在等着呢；你要听广播吧，广告在等着呢；你要读报纸吧，广告在等着呢。退一步讲，即便你在新的一天不看电视、不听广播、不读报纸，且慢，你总得外出吧？如果你是坐车，车上的广告写得清清楚楚；如果你是走路，路边的广告制得亮亮堂堂。到了单位，同事之间的来言去语，还是情不自禁地泄露了“广告”。下班后，家中门上和信报箱里的广告单，等你等得已经不耐烦了……

B

“广告，广告，人参娃娃皂！”这是我头脑中最初的有关广告的记忆。

如此简单，如此空洞，却偏偏让我记住了，而且至今不忘。想我的后半生，也不会忘记了。有趣的是，我始终不知人参娃娃皂是什么模样，品质如何。

一条广告，做到了这个地步，该算是相当成功。但是，它的成功，只属于广告在中国刚刚兴起的时候。

十几年后的今天，我差不多整个地“泡”在了广告的海洋里，而广告也由简单的报纸、广播、电视形式发展成为愈加复杂的动画广告、动态广告和电子广告，等等，只是接受起来不过一时，难说永久。

广告的目的，在于广而告之，在于深入人心。短命的广告，一定是那种陈词滥调、名不副实、令人生厌的广告。

C

那么，什么样的广告是长命的呢？

业内有种说法，即把广告做得人人都烦了，就达到了广告的目的。这里必须纠正的是，任何一条广告，目的绝不仅仅是使商品达到“家喻户晓”，而是让“家喻户晓”的商品成为家家户户的“明智选择”。

长命的广告，还应该具有一种艺术魅力，以此增强人们的选择信念。

所谓艺术，在广告上面的体现，至少该是贴切、别致、精彩和高尚吧？

D

广告词在广告中的作用，便是“眼睛”在五官中的作用。优秀的广告词，让人过目不忘，过耳不忘：

只要青春不要“痘”——兰丽绵羊霜广告。

不在乎天长地久，只在乎曾经拥有——铁达时手表广告。

从今以后，开啤酒瓶不必再用牙咬了——Nikka Bokka啤酒广告。

车到山前必有路，有路必有丰田车——丰田汽车广告。

输入千言万语，奏出一片深情——四通打字机广告。

两只刀片比一只好用——吉列公司“双层剃刀”广告。

它们的优秀在于从“自己的角度”出发，或幽默上口，或机巧入手，或顺势引发，或诗意浪漫，套用一句广告词叫“味道好极了”！

E

广告的传播，每天都直接地作用于我们的头脑和言行。可以这么说，我们通过广告，越来越熟悉我们的世界，越来越熟悉我们的生活。从广告中，我们得知世界又诞生了什么，生活又淘汰了什么。同时，也使我们更深层地清楚了我们自身，以及如何保养，等等。

譬如，头发属于油性还是干性当用哪一种护发素；牙齿的冷热反应和酸甜反应该选什么品牌的牙膏；男人穿什么西装系什么领带；女人涂什么口红戴什么首饰……

从未知到已知，在我，很大程度上得益于广告。我也喜欢看广告，跟随广告，咀嚼广告，我觉得自己在现实生活中还不算落伍，还不算糊涂。

F

在我家里，广告的作用是不可抹杀的，妻子买吃的、穿的、玩的、用的、听的、看的全以广告为依据；女儿的小食品，几乎就照着广告吃，凡是上了广告的，她都要买来尝尝。我呢，就只有掏腰包的份儿。

内心里当然也有慰藉：名扬天下的商品总要强过默无声息的商品吧。

G

我对广告绝对是充满着好感，因为“广告是一种销售形式，它推动人们去购买商品、劳务或接受某种观点”。我深信，借助广告，我们的生活会花样百出。所以多年以前，我就很想做一个广告人，给生活铺设一个又一个台阶。

然而，在我为电视、为广播、为报纸做了几个广告创意之后，我终于罢手而老老实实做自己分内的事了。经验告诉我，要使广告深入人心，成为人们生活中不可或缺的指南，非下大气力不可。

“喝了×××，吃饭就是香。”——这有多少依据？

“相信我，没错的。”——凭什么相信你？

优质的广告，无疑是为商品插上翅膀；而劣质的广告，只能败坏商品，败坏百姓的胃口！

与年龄有关

童年友谊

友谊是上帝给人的第一个妙不可言的礼物。

一个人是从什么时候开始体会友谊的呢？不好说，有人早一些，有人晚一些，但大致都在童年。童年友谊的建立，没什么约定，甚至没什么承诺，只要在一起愉快，下次还想在一起，友谊就悄无声息地藏于心间了。

就人生的履历而论，童年是比较简单的。在简单的童年里，友谊尽管带着神秘的撩人心扉的色彩，其实也很简单。这种简单，有时具体到分吃一个苹果、共守一个秘密，或者披星戴月玩了场抓特务的游戏。无论穷娃还是富娃，无论男孩还是女孩，拥有了友谊，童年就沉浸在许许多多的乐趣之中，哪怕这种叫作友谊的东西夹杂着淡淡的甜、淡淡的酸。

童年友谊来得自然，来得熨帖，像和风，似细雨。渐渐地，它同思想和情感一道成为一个人的财富，永远支撑着理想的生命。

青年友谊

在健康的青春树上，长着两颗鲜亮的果实，一颗叫爱情，一颗叫友谊。

这时期，爱情往往是羞涩的，而友谊却高高地炫耀在枝头；爱情只愿送给最近的人，而友谊却向着远远近近所有的人微笑。这种情形，很容易导致友谊的泛滥成灾，到处都是支离破碎的友谊。

青年友谊，差不多是所向披靡，上可以激活老翁，下可以感动少女。哥们儿义气，姐们儿情怀，都在友谊的包容之中。

这时期，可以没有爱情，但绝不能没有友谊。友谊多么奇异——凭借友谊，可以走遍天下，友谊是车票，是饭票，是门票，是一切的一切。

像对待金钱一样，大把大把地赚取友谊，然后大把大把地挥霍友谊，倒也不失为一种潇洒，怕只怕最终苦了自己！

中年友谊

嘴上唤作朋友，心里却迟迟不给编制。有点像给人评了个职称，却迟迟不聘，就那样招牌似的挂在嘴上。

沧桑世事，使中年越来越惶惑了。闲下来数朋友，数来数去，最后剩下了三五个手指，不敢再数下去。鲁迅的话依然响在耳畔：人生得一知己足矣。

中年友谊，有时是建立在互惠互利的基础上。总是单方利益，总是单方恩惠，友谊便会在彼此之间发生倾斜。

并非友谊的过错。

把友谊当作存款的人，以为取之不尽，其实已经透支了；把友谊当作药膏的人，以为涂之则灵，其实已经失效了。痛定思痛，方知友谊更像阳光或月光，只能供人收取自己的那份，贪婪不得。

否则，每一次挫折之后，便免不了咒骂友谊。如此下去，友谊拂袖而去，还会有什么抚慰心灵？

老年友谊

人到了老年，曾经拥有的东西又陆陆续续还给了岁月。友谊呢？友谊还在不老的记忆中，偶尔地冒出来暖一暖老人。

一个人的时候，老人似乎只看重手杖。靠着一根粗糙的手杖，老人就可以执着地走完最后一段属于自己的路。旧日朋友凑在一起，无非是问个冷暖，打一场牌，下一盘棋，开几句不咸不淡的玩笑，再没了缅怀友谊的喋喋不休的追述。

从前的事情，离不开友谊。

还好，老人没有多少必须经历的事情了，也没有多少必须解决的事情了。新生的友谊扑朔迷离，还是留给天高地阔的晚辈吧。

日去月来，友谊在老人的回想中，渐渐地失去了温度，渐渐地失去了光彩。不过，友谊一息尚存，它将陪伴老人平和地闭上看世界的眼睛。

忽然六十

一

……烟火人生，细细琐琐。半知半觉间，已经走过了一个完整（非完美）的甲子。从久远到苍茫，从苍茫到久远，什么都可以逃脱，唯岁月不能。天天、月月、年年，生命线柔韧，逶迤而跃动，够照顾的。哪怕发稀了且白，牙稀了且灰，至少身体上完整抑或接近完整。所以，我比较知足。

为什么不呢？

曾经是，一张画片、一个烟标、一只冰车、一把二胡点染了我的童年与少年，给予我成长的同时也给予我灵魂的安顿。

人活到六十岁，站在相对高度，抚触前尘往事，发现芸芸众生多少都有些像童话《猴子下山去》里的那只猴子，见到玉米就掰，然后丢下玉米摘桃子，然后丢下桃子抱西瓜，然后丢下西瓜追兔子，然后悻悻怏怏地回到山上……

只有神仙似的豪侠，要么放浪于山林，义薄云天；要么穿行在闹市，气冲霄汉。

这个，倒情愿服输！

在秩序里，我是一名编辑。在秩序外，我是一名作家。春花春绚烂，秋月秋静美，我也说不清楚我更适应哪一个角色。都给过我疼痛，都给过我抚慰。所幸，毕竟是在许多的莫名的疼痛与抚慰中，成就了一个且仁且智的我，尽管依旧渺小。

哦，草木始终渺小，并不影响其怀抱理想——做可爱的自己。对，可爱，可以爱。

二

算是幸运吧？不满二十五岁，我便坐上了省报副刊编辑的椅子。此前，大学里求学，很纯粹，很执着，很纯粹的执着：诗成未必泣鬼神，笔落注定惊风雨。

入职，入境，入定。报纸副刊编辑的榜样原本星辰那般呢！

譬如，张恨水、柯灵、孙犁。

我将成为他们当中的哪一位？是的，哪一位都好。

孜孜矻矻，直到意犹未尽的今天，我仍然被他们的影子笼罩着。不过，没什么遗憾的。遗憾什么呀？躲在先师的影子里，安安静静地吮吸、料理、推送文学及文化，一期又一期，不说风华也风华。

此外，近山近水，近男近女，则看我的心情了。心情好，还可以来无踪去无影，还可以去无影来无踪。

心情大好时，我甚至企望超低空飞翔呢！

人，从小到大，争取了诸多角色。而我，最持久、最稳定的角色无疑是编辑。一路的阴与晴、缺与圆、冷与暖、泪与笑，何止得失那么简单？有道是：醉里乾坤大，壶中日月长。

心野了，只怕收也收不拢了。

“黄杰堃同学”应该也不满二十五岁，仿若当年的我，梦一样。申请加我微信时，自谓文学爱好者，研二。我一改寡淡的嘴脸，立马点了“接受”。而且，我很快就把她的散文《祖父》刊发出来。是我走神了吗？不，我一定是入神了。我读本科时，四处投稿，连编辑部的退稿信都成天装在书包里。她的清纯蓦地唤醒了我的清纯，我还以为清纯的那个我早已经丢失了呢！在给她的微信中，我送她六个字：好好读，好好写。她回我：谨遵教诲。光阴最难断，日子里对作者的千祝万愿，多半已无处找寻了。我确定，这个祝愿会字字镌刻在她的韶华记忆。

风雨雷电一辈子，能够做成多少大事呢？做不成多少。往往是在微观的小事里，通晓宏观的大事，所谓微义中洞明大义。做编辑事小，做君子事大。可惜，即便我要求我给出的每杯茶都是热的，也仅仅是聊以自慰。事实上，不一定，有人偏偏喜欢喝凉茶，抑或隔夜茶呢！

据说，人生有三把钥匙：接受、改变、离开。很多的时候，我不知道我应该选择哪一把。

三

就编辑而言，或园丁，或花匠，或为他人作嫁衣，无非社会恩宠。自己呢？则为一个点。由这个点出发，抵达远远近近、起起伏伏、大大小小的无数个点。经常是无数的点幻化为无数的灯，放射状呈现。

工作之际，我的脑洞大开，这些点便不失时机地明亮起来，熠熠烁烁，促使我底气上升，同时对即将推出的“文化盛宴”无比期冀。

一个厨师，食材近在眼前，只剩下大显身手了。

事实上，编、采通合一的模式，给了我足够的随心所欲的空间。那些源源不断的好稿子、好图片，经常性地跌宕我的热情及灵感。我想怎么发挥，看一时的心愿。把心愿料理在版面上，是眼光，是智慧，同样也是胸怀。

大作家也好，小作者也罢，只要拿来好作品，我都心存感激与感念，并且及早推送给大众。一旦哪个人把中意的作品剪裁珍存，或者向他人荐阅，无异于奖赏我了。我务虚，很享受诸如此类的奖赏。

难得读者厚爱，难得读者宽谅。

一个人活着，缺爱乏谅，很容易犯困。

20世纪末，我在版面上开设“人生十问”栏目，应征者云集。通化的“单桨船”在回答“你的爱好是什么”中，填写的是“读书，抽烟”。再看她的照片，完全一副摇滚青年的样子，索性推及报端。她来信感激我，附上一篇散文，氤氲艺术气，也发了。此后，她请求做我的学生，我未置可否呢，却再无音讯了。我难免会期待，暗忖：她就是一条鱼，也不会永远游在深水里吧?

四

年轻些的时候，总爱把自己喻为一片云、一阵风、一只鸟、一匹马什么什么的，喜欢那种无拘无束的经天行地的感觉。渐渐渐渐，习惯视自己为一棵树了，进而是一棵会移动的树，一棵会说话的树。

天赐良机，我做了编辑。

地造良缘，我一直做着编辑。

编辑有什么福分吗？要是做高官，可以挥斥方遒；要是做富贾，可以挥金如土。我挥什么呢？即便我胸涌热血，袖藏清风。

幸好，我会在文字上移动，我会在版面上说话。

2016年，中国散文学会评我为“中国散文优秀编辑”，心旌一时摇荡。呵呵，比这炫彩且实惠的奖项多次落在我的身上，我不能说我无所谓，但我格外看重这份荣誉。不沾沾，也自喜！

失魂落魄的片断与片刻，一个接一个，没人施救。窝心了，去大江大河里洗洗，去大风大雪中淘淘。淘淘洗洗，眉宇则舒展了，连日子也清透了。

跟谁发作呀？跟谁发火呀？不想干，一边凉快去。

我得老老实实承认，我偶尔也会让作者“一边凉快去”。有一次，一位只知东抄西抄的“稿皮子”醉醺醺上门，催问我什么时候给他发稿。有一次，一位只知人云亦云的“稿皮子”，电话里说看到了刊登的文章，另外一篇下期能发吗。有一次，一位不知猫状鼠状的“稿皮子”托文友探路能不能给他个奖项。尤其后面的这位，找过我的若干同事，不看僧面看佛面，使其屡屡得逞。不错，对于形形色色的“稿皮子”，反感归反感，讨厌归讨厌，熄灭不了。我以为我是谁？

是谁，也比不了谁！

更多的作者，却是让我顺畅的。无论是心理上，还是版面上。譬如，正愁一个相应的头题呢，电话来了，说有篇文章请我关照。发来一看，顿时喜上眉梢，分明是上门“关照”我的。这样和类似这样的及时雨，每每淋湿了思虑中的我、焦躁中的我，包括我的渴望淋湿的年龄。

所以，顺畅的时候，请允许我想入非非！

手机里存着一个短视频，名曰《最后的编织》。一个场景，一个人，一个编织，却演绎出意味深长的道理：在有限的生命中，有比物质、比奋斗更重要的事项，该珍惜务必珍惜，毕竟与虚名浮利相比，生命本身更加宝贵。人海呀，茫茫呀，谁个不是“大闹一场，悄然离去”？我又算得了什么。

五

职业是人生最好的导师吧？

川端康成说：时间以同样的方式流经每个人，而每个人却以不同的方式度过时间。

表面上看，我的方式无非组稿、编稿、发稿。方式的背后，酸甜苦辣，苦辣酸甜，一次次地袭击我，突破我，淹没我……

当然，也一次次地触及我，滋养我，慰悦我。

做编辑久了，早已“坐”出了一种简单的姿势及态度。如果在众多的梨树中，我发现了一棵杏树——换言之，如果在众多的杏树中，我发现了一棵梨树，那种只可意会的惊喜，必定胜过鲁迅先生的“另一棵也是枣树”。

已经成名的“杏树”和“梨树”，命里注定吧，我怎么说或者说什么都逃不脱自夸的嫌疑。没意义了，没意思了，没……了。

留在心头的人和事，多是温情的影子。

在这些影子里，酝酿着一本书。名字已经起好了——《一个编辑的六十张面孔》，邀请六十名作者各写一个我。去年春节前，旧雨新知欣欣然聚首大安，席间自告奋勇，肯捐资，愿效力，一片融融春光，几乎闻得到淡淡的书香了。

有个叫银军的战士，据朋友说去了凉山，据朋友说做了分区政委，据朋友说念念不忘我当初帮他发表诗歌的情谊。

有个叫金冕的学生，得知我去师院讲课，因病无缘聆听，信件寄至报社，表达自己的遗憾和对写作的热爱。

好像见过银军，模糊了。根本没见过金冕，空茫了。然而，二三十年前的旧人旧事，时常在脑海中闪回，无声亦无息。恐怕我老了吧？我老了吗？

忽一日，都江堰的文佳君发微信过来，邀我去那里游玩。李冰父子造水利工程的地方，悠悠千古，当然想尽收眼底。回复他后，思也悠悠了。当年，他十九岁，一身戎装，进报社实习，经常坐在我的旁边。我教诲了吗？不记得了，肯定没有谆谆过。如今，他早已中年了，三个孩子的父亲。光阴荏苒，且无情，我还能闪现在他的思绪里，幸甚！

岗位所至，许多人叫我编辑，许多人叫我老师。比照之下，更诚恳的态度是合二为一，叫我编辑老师。即便是很年轻的作者，也不直接叫我大叔、大爷、姥爷、爷爷，这在客观上助长了我的锐气，很放心自己的生命状态，放心到忽略。

然而，版面不容我忽略。

所以我冷落了一些人，所以我得罪了一些人。其实是我冷落了一些稿子，其实是我得罪了一些稿子。

有侧重，便有侧轻。孰重？孰轻？一时多少困惑及困窘！

……都不是我的本意。

作为编辑，我承认我习惯了挑剔。多好的文章，看过两遍，则忍不住挑三拣四了。偶尔，竟使人下不来台。而另外一方面，我对那些羽翼未丰的习文习章，却给予极大的热情和帮助。

任凭“人面不知何处去”……

任凭“桃花依旧笑春风”……

一名女作者，成名了，名气大得不得了，场面上依旧叫我老师；一名男作者，成名了，名声响得不得了，见面时依旧叫我老师。从我这个老师身边走出去的作者，以千计，以万计，隐现于生活的各个角落，乐仁者之山，乐智者之水，忽然一个身影、一个笑脸、一个问候、一个祝福，如风如花如雪如月，滋育着我的生命，多么不肯老去！

连误会、沮丧、怨怼、刺痛也化作风花雪月了。

我先前追慕名家，后来清醒了，愈加看重精品。

两次参加中国作家协会代表大会、一次全国新闻工作者协会理事会，以及无数次的各种名目的座谈会、研讨会、评审会，朝朝暮暮，大名家、小名家时常亮相，也不主动上前合影留念了。背地里重温他们的小说、散文、诗歌、报告文学和学术论著，做进一步的沟通，好上加好。

六

少年时，无数的幻想及痴想，要么放浪形骸，要么仗剑天涯，一派豪侠气概。梦里梦外，何曾预料到将以编辑的身份年复一年守望着文山艺海？

煮字在桌边，而非台上，没有掌声和鲜花。一位长兄说，看我编稿那么香，像烹饪；一位小妹说，看我编稿那么神，像参禅。

更多的时候，我像我自己。

我像我自己的时候，我喜欢“读万卷书”，我喜欢“行万里路”。读完这本读那本，行完这条行那条。所以，我越活越洒脱，很少去凑热闹聚酒、打牌、转舞厅。

读书一人乐，出行一人欢。

国之东、国之西、国之南、国之北、国之中，不断地满足着我“踏遍青山人未老”的贪欲，贪馋天下的欲望。当然，我不会像某些人那样，去一个景区便在地图上贴一面小旗，以此记录自己的行程。国之外呢？心向往之，却少有机会涉足。不过，巴黎和罗马，已经诱惑我多年又多年了。如果那是两个遥远的梦，我将努力去实现。呵呵，身边人，会是谁呢？会是我的谁呢？

最好的地方注定是远方吗？经验告诉我，去哪里都不重要，重要的是独享沿途的风光。即使跟随团队活动，也已习惯了边缘人角色，能躲则躲，躲入清静，躲入另一个自己当中。

想普里什文多好，写本《林中雨滴》；想亨利·梭罗多好，写本《瓦尔登湖》。

多少年来，我醉心于从作者中挖掘作家，从作家中挖掘作品，力争把一份地方性报纸副刊办成国家级的文化名牌，使命与趣味都在里头了。

一个人在车上、船上、飞机上，免不了“挖掘”自己：爱与恨、生与死，以至那种切肤的痛感，一阵儿一阵儿地，进而泪流满面。

如何是好呢？往往是穆旦破空而来，替我潇洒收尾：“这才知道我的全部努力，不过完成了普通的生活。”

生活？又是生活！纷纷扰扰的生活，梳理终是徒劳，但愿时光漏掉我，漏掉我这个完全不具备抗击打能力的非金属元素。

我不挑生活的毛病，所以被生活宠爱着。好比吃水果，林林总总，万万千千，我不过是尽心力去择取那些品相好的、口感好的下肚，不食烂货罢了。

“日既暮而犹烟霞绚烂，岁将晚而更橙橘芳馨。”我当然会愈发自觉地退向社会的边缘，多谈风月，少问桑麻……

七

通常情况下，我的执行力是比较强的。

领导交代的事情，办好。

朋友委托的事情，办好。

哪怕是一些不好办的事情、不愿办的事情，亦不推辞。

但我不得不说，我的权力是有限的。权限里，我尽可能锦上添花，尤其雪中送炭。人生不如意者十之八九，办副刊同样，并且同理。

我也爱不释手，我也爱屋及乌，我也爱莫能助；我也恨不释手，我也恨屋及乌，我也恨莫能助。

爱恨之余，循序渐进地经营自己，顺手趁机推舟。人说，在这个世界上，只有两个半的专属是自己的：身体、名字和花出去的钱。

我相对乐观些，剩下的还有残老的乡情、残旧的亲情、残损的友情，以及残存的爱情。其他呢？且枝且叶，且燕且雀，不便盘点和清算了。

若白驹过隙，忽然六十，个把月的光景即将告别单位。那些调动过我的人，那些调动过我的事，已经蚀骨入髓了。来个急刹车？来个挥一挥衣袖？怎么可能啊！缱缱绻绻小半个人生，堪比亲情，间或比亲情还亲；堪比爱情，间或比爱情还爱。不可能一场大雨抑或一场大雪就不了了之，那……太虚弱、太崩溃啦！

这当口，殷勤甚或犯贱似的想念那些圆圆角角、冷冷热热的同志与同道。空茫的岁月里，同求，同气，同伴，同乐，我的每一个日子都不孤单，孤单也不孤寂，孤寂也不孤苦。

从义无反顾的少狂到波澜壮阔的老成，经历的许多经历，感受的许多感受，觉悟的许多觉悟，无处也无法追寻了。感谢岗位，感谢断断续续的顺境与逆境，不失时机地验收着厚爱薄情。一次又一次，我辅助了别人也被别人辅助了；我挫伤了别人也被别人挫伤了。回首间，即使“此中有真意”，毕竟“欲辩已忘言”。

退休耻辱吗？不耻辱。不但不耻辱，反而光荣。漫漫职业生涯，没掉队，没落伍，便是身体的集大成，便是思想、情感与专长的集大成。尽管，在一些时候，我放弃了我，或者固执着那个似是而非的我。

书房里挂着一幅彩照，为2009年在西部草原所拍，命题《五十而已》。年过半百之人，呈现一种飞翔的姿势，多么眷恋大地，又多么向往天空，我喜欢这样的自己！

八

来，易来；去，易去。来来去去，恰是人间缩影，何必唏嘘慨叹？老实说，走过的春夏秋冬，我虽然贪恋，却未曾刻意地结交朋友。即使如此，我的朋友也肯定在平均值之上，并时常演示波推浪涌的好景象。借他们的光，我活得还比较绰约，仿若行云，仿若流水。

余光中由人及人，冷眼热肠中把朋友分成四型：高级而有趣，高级而无趣，低级而有趣，低级而无趣。

一切，还要看缘分。

那些爱我的人，那些我爱的人，是我天空里的哪片云呢？云聚云散，谁能被我握在手里呢？只有看缘分深浅了。

生活颠荡，不总是纸面上那般风雅。尤其在陷落的时候，我会下意识地数指头，数我还剩几个。

不怪谁的，我也常被朋友背后数指头。人非圣贤，难以担任“严冬里的炭火、酷暑里的浓荫、湍流中的踏脚石、雾海中的航标灯”……

一起走，走到多远算多远。

我不想左右友情，友情也别想左右我。

爱情，我的爱情早已转化为亲情，隐进回忆了。“除却巫山不是云”“天涯何处无芳草”“却话巴山夜雨时”，出神入化，山啊云啊草啊雨啊，那些自然界的意象催生了多少人世间的故事！对，是故事，故去的事情。我谈爱情的时候，满校园都是邓丽君《月亮代表我的心》的歌声，飘飘悠悠，迷迷离离。再后来，又听许多人唱欲诉难诉的《除了你》，雾糟糟的，看不清对方的脸，以为是最爱。

幸好，我没有落败，或落荒。

爱情毕竟够奇妙，无论是短暂还是长久，无论是片刻还是恒永。

我沉醉于那种半梦半醒、半甜半酸、半深半浅、半进半退的两情相悦，如罗切斯特与简·爱，形而上的寄望注定胜过形而下的期许。海阔了，天空了，那是辽阔的阔，那是虚空的空。

“花开堪折直须折，莫待无花空折枝。”秋水长天，应季的事物最怕过气，遗恨一个个如石，如铁，冷冷的，不好玩，人却只活一生。

我不想左右爱情，爱情也别想左右我。

友情与爱情，其实是肥沃的土地。小学一年级课本讲，种瓜得瓜，种豆得豆。当下，男人女人多在打亲情牌，岂不知最容易伤到内心的，往往是亲人。

有一种感情，无法分门别类，据说比友情深比爱情浅。信不信由我，是不是那种常态化的红颜知己外加那种偶然间的红袖添香？如果不是的话，个中的禅理机趣，需要深入体会，及参悟。

莫名其妙的感情，不提也罢。提也提不动的，还可能把自己累趴下。一旦受伤了，恐怕殃及江山。

九

再者呢？则关乎我的业余爱好了。

若说生命是激情澎湃的交响曲，业余爱好则是即兴发挥的华彩乐段。山一程，水一程，怎么走都是足印，且永不复返。那么，名利当前，爱好有用吗？没什么用。至少，我的爱，我的好，既带不来江山坐，也带不来美人揽，空留一腔情怀。

无用之用，而我，比较落实的爱好便是圆珠笔收藏了。

不，我只收藏那种带纪念性文字和标识的圆珠笔。二十年前吧，我读到晚报一则消息，得知热品中的冷品少有人涉猎。于是，心血来潮，开始了漫长的“圆珠笔收藏之旅”。很快，我就走上正轨，进行专题收藏。

收藏使我换了个人似的，痴痴缠缠，见目标就盯上，哪怕有失身份和面子。体谅我的人，舍不得错过机会，也一反常态地帮我收藏。

怎么帮？有笔的送笔，没笔的寻笔。陈女士送我的“春谊宾馆”圆珠笔，其实就是寻来的。先是在记忆里“寻”，后是在老妈家“寻”，终于让一支尘封半世纪的“盲点”成了我收藏的“亮点”。

讲两个难忘的细节吧。一位同事赴宴，席间看到服务员写菜单时用的笔是品牌，为了得到它，宁肯多花九十元钱买瓶推销的红酒。另一位同事，听说水立方高层的烟草专卖店有种品牌笔，特意找到那家柜台，电话里求证我对不对……

圆珠笔不是陶瓷、字画、古钱、奇石……弄好了兴许价值连城。收藏圆珠笔跟收藏烟标、火花、启瓶器差不多，小玩意儿而已。

不过，小玩意儿里藏着小情趣儿。

每有一支或一些奇异的圆珠笔进账，我都难免兴奋一会儿，一小会儿。闲暇拿出来清赏，追古抚今，幽幽然，好一番人情世故。姜氏大姐奉上的那支圆珠笔，红身金帽，跟英雄牌钢笔几乎同貌，因其上面刻着“青海省革委会赠”而弥足珍贵。大姐病逝多年了，她发表作品时开心的模样依然生动而亲切。

物是人非，无法抵御的痛，哪怕只那么一闪。

前年的秋天，赴厦门疗养，得机会参观一家营销公司，猛然发现橱窗里展示着一套“可口可乐”圆珠笔，便不肯挪步了。讲解员善解人意，问同事，翻库房，未果，留下我的地址。两个月后，四支品牌笔快递给我，喜出确实望外了。没记住她叫什么，微信名是“一颗洋葱的心”。

业余爱好开辟了我的别一片天地，尤其是在我感觉无路可走的时候。往浪漫上靠，更像我人生的后花园，步步为景，景景怡情，逍遥了时空。看到那些形形色色的酒瓶展、相机展、砚台展、手札展之类，也曾蠢蠢欲动，办个“品牌圆珠笔收藏展”。欲动，却始终未动。期望日后好一些，再好一些。

大师梁实秋，谈笑风生：闲要有滋味，忙要有价值。

对，收藏娱，在于“有滋味”！

心无妄念，细水流年。

十

日子真是快，快得似乎没痕迹。近一二年，屁股的后面恍惚追着鬼魂儿。怎么？非要逼我到退休吗？非要逼我到秋风扫落叶吗？

耳顺之年，老了吗？

老还是没老？

所谓皇天后土，所谓雨露均沾，所谓心远地自偏。人若不老，鬓若不衰，子孙们往哪儿茁壮啊？到目前为止，感觉自己所占的最大便宜是噩梦醒来，太阳照常升起。哲学吧？艺术吧？破译也破译不了。有些门会自动关闭，有些窗会自动开启。那又是怎样的境况呢？说不准。无论加注我多少理解与想象，终究说不准，说不大准。

李琦鞭策自己：变老的时候，一定要变好，要变到所能达到的最好。

叶芝慰藉他人：当你老了，依然是我向往的老境。

怪岁月吗？岁月饶过谁了吗？老气一上身，动作便越来越缓慢，目光便越来越呆滞。心不服输，仍旧在陌生中争取友谊，仍旧在熟悉中体会莫名的爱恨情仇……

山水苍茫人苍茫，自己系过的扣儿只好自己解。交际圈当收则收了，功名心能放则放了。黄昏乃至夜晚，静静地漫步在街头或广场，细雨微风，搜回多少真切的往昔：久违了的老家，久远了的童年，父亲、母亲、大哥、二哥、四妹、五弟。他们是树，我依靠的树。如今，父母是地下的根须，手足是空中的枝丫。

是啊，人留不住人，犹如时光留不住时光。那些个有意思、有意趣、有意味、有意义的“尖兵”极尽偷袭之能事，令生命倾斜，抚触约等于抚慰。

一个人，不忧伤。

草莓偶寄

一

身外之物，浩繁如星，那些支撑（或滋养）人体的东西被叫作食品。食品中，水果愈发走红。没错的，生命离不开水，离不开果，水果的意义可想而知。

最先认识的水果是什么？已经无从追忆了。香蕉苹果大鸭梨，小孩看着干着急——我学语时期总要实战演习。儿歌里没提草莓，想必草莓在后了。后来者居上，悠悠草莓，闪亮了我记忆的荧屏。有草莓在，其他水果们便纷纷失色，而草莓独自红艳。

这么一“艳”，遮去了“百丑”。

草莓的先天遗憾，明摆着呢！凝神细瞧，形象够放纵，凸凸凹凹；面相够局促，斑斑点点。一搭眼，好漂亮哟，好迷人哟，其实完全是彩妆成就了它的美感。天下水果，草莓光芒四射，因为艳。若是去“艳”存真，它分明丑娃一个。古今说诗唱词，多把好看的脸庞比作苹果，以弥补大众审美，无穷尽联想。倘若比作草莓，这脸庞……还有得欣赏吗？

草莓一样的女性，倒也随处遇见。娇羞，甜润，灵慧，迷你型。相识进而相知，相知进而相许，相许进而相守，便是福气氤氲。常言道：英雄难过美人关。恋恋红尘，倩影芳心，过什么关啊？听天由命好了。

先贤李渔对木本、藤本、草本植物颇多研究，尤其强调“海棠有色而无香”。想他撰写《闲情偶寄》之前，应该是没见过草莓。不然，他一定会移情于“草莓有色而无香”。远远地，闻香识果园，见一个，是一个。草莓天性低调，即便置身于草莓左右，果香隐隐，也多半是想象出来的味道。进一步，采摘入口，齿甜唇润，才会由衷赞一句“稀世佳品耳”！

稀世吗？不稀世了，却绝对的佳品。芸芸众生，草莓不称冠，不霸王，任何一种场合，只要红艳艳地出现，注定会扰乱人的视线和怀想，比如我。多少年里，在超市或街头摊床，总是绕不过草莓，买与不买，则为另外一码事。急火攻心，吃点儿草莓败败，欣欣然，身体舒爽多了。去年12月的一个午后，我在三亚南端的水果基地品尝木瓜、芒果、莲雾、释迦等热带水果，忽然瞥见亲切的草莓，便忍不住丢一只在嘴里。哦，魂兮归来！

作为个体的水果，除了草莓，还没有哪一种让我如此痴醉，以至心心念念。我有兴致时，会把洗好的草莓一只只摆正坐稳，幻化成活灵活现的音符，飘逸出一曲曼妙的旋律去接近爱情。草莓啊草莓，像我关注和热爱的女性！

那么，滚滚红尘，草莓有心思吗？种植草莓的人一定有，采摘草莓的人一定有。

二

草莓令我垂情，殷殷地。我确定，水果中首选草莓。假借诗的表达句式，即：远处是梦想，近处是草莓。

“妙龄十八”的感觉，永远，永永远远。个中玄机，看不破，说不破。

我虽然有些伤春悲秋，在鲜艳欲滴的草莓面前，还是不想太矫情的，矫情来矫情去，终究矫情成个虚空。从土地里拱出秧苗来，从枝柯中闪出果实来，草莓只给真相，不给幻象。冲着草莓慨青春易逝、叹人生易老，过于文艺了。草莓不是水和月亮，它承载不起。

水果族类，五彩缤纷，倘有机会“秀美”，我给草莓投上一票。

草莓……当之无愧！

它是美女吗？不，比美女亲切。秀色可餐我可以不餐，眼见当红的草莓，我不动嘴巴也动心思，禁不住，没出息是吧？

秀外并且慧中。

那些壳坚皮韧的水果，不怎么担心磕碰的，诸如，桂园、荔枝、菠萝、火龙果，有时还想磕碰左邻右舍呢！草莓守规矩，寄希望于“人不犯我”，却经常落得个遍体鳞伤。草莓一有伤，放哪里都蔫，理亏似的蔫。

草莓固本色，学习人类之优长。它光明磊落，大道至简，宁肯红颜薄命。众多的水果，肉烂了，心黑了，强装一副赤诚。草莓出了问题，“泪痕红浥鲛绡透”，绝不玩那种内疚的把戏。它好就是好，熠熠烁烁的红光，样貌、营养、口感集于一身，俘获着食客的心魂，蠢蠢欲动。这时候，掩饰或控制已经显得愚顽了。吃还是不吃？它考验的是理智，不是牙齿。且慢，稍不留神，便很容易醉倒在意犹未尽的贪欲里。草莓依旧在，世界已空茫。

三

人喜欢苹果，喻其平安；人喜欢桃子，喻其长寿；人喜欢石榴，喻其多子；人喜欢葡萄，喻其甜蜜。“天意怜幽草”，而非草莓。词典上阐释：多年生草本植物，匍匐茎，叶子有长柄，花白色。花托红色，肉质，多汁，味道酸甜，供食用。

如此而已，似乎无所寄意。

与草莓相比，人多了八疵：谓之摠、佞、谄、谀、谗、贼、慝、险。俗世里的草莓，我却难免高看一眼。高看它什么呢？或许是那种羞涩，那种内敛的羞涩。人知羞涩，八疵还会剩下什么？还能剩下多少？

草莓，天生一个惹人生情的水果，那么娇嫩，那么艳丽，那么楚楚动人。我也奇怪了，入诗入画的水果俯拾即是，怎么那么难以觅到草莓的踪影？我的心，怯怯的，一如草莓。漫漫岁月里，是姿容命途的不济？还是骚人墨客的失情？

“一骑红尘妃子笑，无人知是荔枝来。”同样是水果，差哪儿了呢？草莓呼唤当代的“杜牧”。

幸好草莓不气馁，不苟且。

彼此之间，不以大为尊，不以小为卑。所谓，大小天定，尊卑已定。多少年来，我对草莓的情怀欲诉难诉，草莓绝不希望看到人类的草率，尤其“草昧”。

食客们的觉醒倒是来得及时。近两三年，草莓显然是走红运了，红红的运。不仅抢眼，而且抢手，跟我一样喜欢草莓的人逐渐水涨船高。审时度势的果农果商，出奇制胜，好戏连连。对此，我表示欢迎，也保持警惕。譬如，牛奶草莓，是土地灌溉了牛奶？还是牛奶注入了果实？弄不出个名堂。

常常是，洗净的草莓，红红的，艳艳的，拿在手上端详，迟迟不肯入口，欺负它似的。

旅　伴

一

寂寞是什么呢？……无孔不入。

人也怪，独自在旅途，瞬间便灌满了寂寞。寂寞并不好受，事实上，几乎是每一个旅人，都在寻觅着排遣寂寞的方法。

书载，一位美国老人，退休在家好多年了。他每天早晚都要到他的阳台上去浇花。可是他浇花的水壶是破的，没有壶底。邻女看在心里，怜意浮生，终于鼓起勇气，上门去告知老人这个事实。老人在谢过她之后，说："我知道呀，那水壶是没有底的，但那不碍事，一样可以浇水。因为那些盆里的花儿，都是人工所造，不需要水的。"

每当我踏上旅途，寂寞无主，都会很自然地想到这个有些禅意的故事。又想，这寂寞的美国老人，若在旅途上，无花无壶，还会有什么高招儿吗？不错，我连老人的那种徒具其形的自慰也没有，只能面对现实，向身前、身后、身左、身右的旅伴讨取快乐，一路来去。有位叫加蒂纳的大作家，还没我这般幸运呢，他被列车不断地摇晃着，慢慢地，旅伴们各奔他途，而把他和一只小小的蚊子剩在车厢里，这使他苦不堪言，他极尽所能要置蚊子于死地，却未得逞……且最终，还牵出了他心底的感谢之情——是该死而不死的蚊子陪伴了他。

二

旅伴，旅伴，旅途相伴。既然是相伴，就不能太讲究个性，换句话说，就不能太自以为是。平常你尽可以做你的高官，做你的富户，做你的专家，做你的工、农、商、学、兵，而眼下你做了旅客，就得服从于约定俗成的旅客规范。太威风或者太娇气，那是要错了场合。有句现成话正等着呢——你以为你是谁？也不能太爱情至上，将家里的爱情戏搬上旅途，你这边卿卿我我，好一顿舒服，众人却视而不能不见，好一顿难受，还是悠着点儿好。至于那类动辄说脏话、呈恶相的家伙，实在是丢尽了人的面子。不去管他，一朝碰到南墙，自然也就回头了。

三

通常是这样，人一踏上旅途，便习惯于以挑剔的目光审视旅伴，而忽略了自己对自己的审视。接着是理念上的得寸进尺，要求旅伴适应自己甚或进入自己的状态。这种误识，源于自恋，最是不堪一击。难道“我”不是人家的旅伴吗？但这同等重要的一点被忽略了。更有甚者，找到座位，如同找到床位，匆匆钻入梦乡，连长长的旅途也忽略了。这种人，目的高于过程，难免失掉一些应有的乐趣。要知道，旅途的顺与不顺也至关重要，它或可牵引我们的人生走向。高人的态度自是随遇而安，临此境界，乐趣也就出来了。有了乐趣，旅途恍惚缩短了。再去做什么，兴许就事半功倍呢！

国外有位大臣，年轻时有一次乘火车，恰好坐在两位老小姐中间，当火车开入一条长长的隧道，他故意响吻自己的手，车出隧道后，他便对两位小姐说：“刚才我不知道应该感谢哪位小姐的盛意，我将永远不会忘记这次的同车。”害得她俩面面相觑，彼此猜疑，而他却得意地下车去了。

身边有个小伙子，要去一个陌生的地方，左等右等，司机仍不发动车，他见旅客有些急躁，就站出来大声催促。司机说：“再上一个就走，现在是十四人……”又等了半天，还不见人来，于是幽他一默：“开车吧，早就十五人了，有一位是孕妇。”此话一说出口，顿时苦了车上的几位姑娘。

类似的恶作剧，显然是做过了头。想来是玩笑，也便无人计较了。

四

经常走南闯北的人，怕是有着更深的体会。旅是颠簸，伴是慰藉，两字合在一起，就有意思多了。车上、船上、飞机上，旅人组成一个“生活空间”，山水看得厌了，杂志读得烦了，觉也都睡得足了，终究要把目光投放到陌生的旅伴的面孔上了。读也读不透彻，只好凭借言语。不过，谈天归谈天，说地归说地，基本上不求甚解。旅客等于过客，过客在于过路。

也是好几年前的事了，朋友们为我饯行，我喝了好多酒，跌跌撞撞进入车厢，见有个空位就坐下了。待头脑清醒，已经过去了大半个小时，才知座位是身边女学生的。这会儿，正好有人下车，她就坐在了我对面。最初，我的确很惭愧，让人家无端地站了三分之一的路程，后来唠着唠着，彼此融洽了，我就开始给她测字占卜。在这方面，我至多不过是半瓶醋，但我尽我所能地占卜着她的现在和未来，当然神态肃穆。我说两句，她就点一次头，我知道我的“补偿”没有白费。下车前，她很真诚地留下了姓名和地址，我却始终沉醉在美好的谈话中，还有我刚刚坐过的原本属于她的座位。

饮食男女相逢旅途，或许是上帝安排的。有情人明送秋波，有意者暗度陈仓，大快朵颐，最后由短暂旅伴演变成终身侣伴，那都是情来意往的事，无须细究。

五

旅人在一起，相互的关怀、相互的照料多是浅来淡去。一个笑容，一句问候，一根香烟，一只水果，看似微乎其微，实则暖人心房。记忆是心的仆役，遵从心的意旨。岁月如风，不经意间会掀开记忆的一角，于是偶尔的夜晚，我们会莫名其妙地想起某个旧日的旅伴，想起他（或她）的一举一动，一颦一笑。说不上感激，只是想念。

能够取代这种想念的，只有“泰坦尼克”事件中这样的细节——

游轮沉没前，史密斯夫人的两个孩子已经被拖上救生艇，因为超载，她却上不去了。出于母爱，她喊了一声：“让我上船，孩子不能没有母亲。”

一位已坐上小艇的女士听到她的哭喊，便离开座位又回到了泰坦尼克号上。不久她便随游轮沉没了，连名字也没有留下。

无疑，这位女士是全世界最优秀的旅伴，她是人类的骄傲！

六

还有这样的一个傍晚，我为了去参加外地一个作品研讨会，独自坐上了长途客车。看一页书的工夫，上来两个倒腾买卖的女人，其中一位很大方地坐在了我的身边，她们此行必是有利可图，一袋瓜子磕得飞快，间以旁若无人的问答。我对经商女人带有原始的抵触，所以闭目养神。她嘀咕座位咋这么小呢。我想我是占地方大了，赶紧向里挪了挪，她就满意地做出了睡态。应该承认，她的睡眠是极好的，脑袋很快就靠在了我的左肩。这时候，我想不出怎么做更为合适，只有让自己成了默默承受的枕头。也是这时候，我才体会到浓郁的脂粉气息，竟也可以伤人。

但我始终一声不吭，直到她醒来歉意地一笑，直到她下车消失在迷迷茫茫的夜色里……

七

大千世界，各色人等，谁与谁短暂为伴都是缘分，所谓“有缘千里来相会”。倘若诸位都以这种平和的心境共处，那我们的旅途可就顺当多了。浪漫地想下去，我们往后的日子也会好过多了。

序 或 跋

全在诗里

喝大酒不比酣畅，饮小酒不比闲逸。各自为乐，全在酒里。

诗与酒，一样的!

东方樵夫，宋虹也。我叫他宋虹几十年了，叫顺嘴了。这里，请允许我还叫他宋虹吧。

宋虹沙场不点兵，点诗，这回点小诗。

小归小，哪首都不白给。抛开套路，抛开奇技淫巧，直逼诗的核。天地间多少大事情，风雨雷电，最后小到露珠儿，抑或泪珠儿。再小，则虚无了。

小诗自有小诗的魅力，看上去很美，月朦胧鸟朦胧花也朦胧。按说，宋虹曾经沧海，似乎稳得住神儿了，却依然心旌摇荡。三百首小诗收入帐下，姑且“我评”。无非一家之言，喷珠吐玉，顺水推舟。所谓云，所谓泥，云泥随意复随意。

其实，还是随宋虹的意!

与宋虹交谊数十载，水来菊去，不甚了了。20世纪80年代后期，诗坛景况是："政治诗人不吹号，朦胧诗人睡大觉。羞羞答答爱情诗，小花小草眯眯笑。"值此之际，宋虹的散文诗风生水起，一组一组覆盖着报纸杂志，便是远近闻名的《微雨丁香》。那调性，那韵致，极尽宋虹的哲学与艺术，沉郁而不失灵秀，成为许多人心目中的样板。

那时候，我司职《城市晚报》副刊编辑，心目中的样板是孙犁，也包括柯灵和张恨水。宋虹寄来作品，《天池》总是争先恐后推出。对，是推出而不是编发。顺便说一句，宋虹文优字美，连标点符号都意味深长。我承认，我的煮字生涯里偏爱过一些人，免不掉宋虹。他在桥上看风景，我在楼上看他；我在桥上看风景，他在楼上看我。星移斗转，隔空相望亦相忘，聚归聚，散归散，始终差我一杯酒呢！

随宋虹的意，由着他。

人，往往自以为是。经常性地自以为是，促成了宋虹深度矜持、狷介甚至刻薄。原本的一腔柔情，外化为一脸肆虐的胡须。幸亏老之将至，幸好小诗三百光鲜，点燃了他，激荡了他，使他的眼睛再一再二、再三再四地明亮起来。这种明亮里，异乎寻常地透着仁义，仁义的温暖，功夫果然了得。"我评"闪现，导入导出，念只念读者检验自己是一个怎样的哈姆雷特。去年某月某日，他在看过拙作《一起老》之后，微信里的"我评"直插心脏：我在老处等你。不着急！

急的是岁月吧？

每次与宋虹见面，差不多都会聊到诗。诗无达诂，除了印象和感觉，也聊不出什么。即便如此，诗还是风花雪月。人活在世上，无风，无花，无雪，无月，多么孤单与落寞。有诗聊，他不孤单我不落寞，全在诗里了，夫复何求？

诗无完诗，犹之乎人无完人。与其说岁月安顿了宋虹，毋宁说宋虹安慰了岁月。越来越亲切的宋虹，突发奇想，竟也神灵般地集三百小诗于一书。由领略到知味，由知味到羽化，我仿佛抵达了宋虹的世界，及境界。

且慢，随我意，不如回到《我评小诗三百首》。从形式上看，多则十行八行，少则三行两行；从内蕴上看，深则西风古道，浅则西皮流水。有限传承于无限，无限寄托于有限。诗人，多为仰天俯地者，凡圣之间，一花分明一禅理，一叶分明一机趣。

“小诗”出乎其类，“我评”拔乎其萃。江山事，草木情，看破也难以说破！

小，自然是小，小来小去便有些意思了。

诗，毕竟是诗，诗来诗去便有些意味了。

抚古兮，思今兮，宋虹唯小诗独尊。小诗问小诗，谁个灯火阑珊？谁个月明星稀？谁个长亭更短亭？意犹未尽时，爱上这本书了，序之！

恍如云鹤

在我的信息库里，云鹤资讯是比较丰富的，而且时常更新。不过，诗人的名号却始终置顶，风也吹不去，雨也淋不去，就那么莫可言传地闪烁着，闪闪烁烁……

云鹤是神仙吗？

且慢，曾经要做神仙的，苦于没样板。以诗歌的名义和方式接近再接近，痴痴缠缠，影影绰绰，仿佛看到了诗神诗仙。哦，原来在梦里，梦醒时分，云鹤依然云鹤。云鹤啊云鹤，追寻刘禹锡的云鹤，几乎脱胎了，几乎换骨了，有道是：晴空一鹤排云上，便引诗情到碧霄。

与云鹤交缘四十年，深深浅浅，都在生命里了。我的生命我做主，有云鹤出入，我觉得我是辽阔的、温暖的、充满意趣的。20世纪80年代初期，朦胧诗风潮席卷了华夏校园。北岛、舒婷在前，月朦胧，鸟朦胧，东北师大的学子们纷纷把自己捐给了诗歌，一路朦胧着日月星辰、草木蚁蝶，以及聊以自慰的亲情、友情与爱情。云鹤等人的“五味子诗社”应运而生，作品一期一期贴在中文系的廊窗。阅读者芸芸，传播者芸芸，云鹤的美誉霎时间覆盖了校园。尤其《呼吸阳光》刊发在《飞天》的“大学生诗页”上，外地的许多高校的诗人与他结为纸上的朋友，遥相兮呼应兮。那是个有“诗”走遍天下的时代，云鹤的梦中、眼里、嘴边、笔下全是诗，青春着他的青春，风光着他的风光。用他自己话说，读到好诗免不了击掌，写出好诗忍不住哭泣……

最好的四年，被云鹤就这样送走了。四年里，作为同乡同学同道，且醉且迷离，我前后左右经历了最好的云鹤。背上是朗丽的天，腹下是芬芳的地，天地间一个小小的他，飞去又飞来，以一个“此”抵达无数个“彼”。极尽浪漫的抒情王子，我身边唯有黄氏云鹤！

北岛诗，“卑鄙是卑鄙者的通行证／高尚是高尚者的墓志铭”；舒婷诗，“与其在悬崖上展览千年／不如在爱人肩头痛哭一晚”。一代人有一代人的调性，尽管云鹤始终视二位前辈为“诗霸”，却不肯亦步亦趋，没那么道义，自然也就没那么沉郁。云鹤诗，“给奔忙的太阳和月亮／铺一块升降坪；在紫燕呢喃的呼唤中／发现一个深远的主题”。很显然，云鹤是飞翔着的，他更喜欢超低空飞翔……

云鹤通晓书画，所以诗歌创作中线条感、层次感、景深感强烈，而他的语言一如他的名字，形而上，令无数人着迷。毕业之后呢，他分到省电台当了记者，我分到省报社做了编辑，同吃新闻一碗饭，鲜衣怒马。若干年过去，我递给他《别一种心绪》。又若干年过去，他递给我《亲爱人生》。两本诗集摆放在一起，那么静，那么净，息息复息息，如同两个洗尽铅华的灵魂。

诗歌最怕习惯性思维及表达。一旦形成经验，并且凭经验写作，便落入俗套了。俗套是看不见的绳索，束缚着意象和想象。一首尚好，倘若千篇一律，跟生产线上的易拉罐似的，命途可想而知。老实说，我很受益于云鹤的诗歌，经常在他的诗歌里找得到我内心亏空的元素或情愫。我想说，云鹤在吉林新闻界写诗歌绝顶，在吉林诗歌界写新闻绝顶，终归想想而罢。我从不跟云鹤开玩笑，就像云鹤从不跟我开玩笑一样。俗套里出来的话，要是被他视为游戏了，注定不怎么好玩、不怎么好笑了。

当下的诗坛，看似繁荣，实则芜杂。云鹤不大喜欢凑热闹，尽管也读诗，也写诗，却基本上不赫然示众。长天长，秋水秋，再不是雾里看花的年纪了，再没有水中望月的情怀了，那么些理所当然的差事，逍遥不逍遥，足以慰风尘了。日常熙攘，与他见面少，握握手就握住了彼此。未及三年，云鹤或可从新闻中解脱出来，做自己想做的事。黄鹂白鹭，无论何处留影，我都会在诗歌里等他。

一梦半生，恍如云鹤！

《向东偏北》即将付梓之际，再次通读了里面收入的诗歌。我觉得，无异于夜以继日或者日以继夜的倾谈，其实是梦幻的世界里完成了一个世界的幻梦。他不是马克思，我不是恩格斯，高山之谊耸立。换句话说，他不是鲁迅，我不是瞿秋白，流水之情响亮。什么都可以有，什么都可以没有，诗里诗外，耗尽了我们半个抑或多半个人生。

风生无水起，刻舟不求剑。好了！

向经典靠近

近年，歪风邪气上身，且上升。具体到阅读，一目首尾，一目虚实，然后武断取舍。这样的大背景下，则许多作家损失了，更可能是我损失了。张铭属于例外，知其人，识其文，人文两相宜。再施偷懒伎俩，于心已有些不忍。

譬如《半窗晴翠》，一搭眼，思绪便飘向白居易那首送别诗句了：“远芳侵古道，晴翠接荒城”。静下来难免好奇，何谓“晴翠”？何以“半窗”？

偶然间发现，书名其实源自明代夏昶的一幅画。虽有些模糊，题款依稀可见。

张铭眼睛小，十分管用，宏观江山社稷，微察草木蚁蝶。一般的人，观也便观了，察也便察了，随时光一起流逝。张铭不，非要画出意象来，非要写出神髓来，用自己喜欢的艺术形式诉说文学之文、史学之史、哲学之哲。

应邀去张铭府上，开开书画收藏的眼，两三个时辰没了，好一番沉醉。尔后，又沉醉于他的书山书海之中，随便抽出一本翻看，都有爱不释手之感。穹顶星空，星是阅不尽的；伊水书屋，书是读不完的。

我尤其看重张铭在文化上“海纳百川”的气度。一介书生，一怀热望，非要“打通文史哲、纵横诗书画、归回儒释道”不可。最初，他提及他的艺术理想时，私下以为是臆想。后来，他重复他的艺术理想时，私下以为是狂想。现在，他强调他的艺术理想时，私下以为是梦想。

梦想萦缠于心头和脑际，一旦绽放，注定比花朵绚丽，绚丽而且芬芳。

一代代文人，淘沙淘金，只留下大师。张铭沉潜中国文学史深海里，撞见了孔子、老子、庄子、陶渊明、苏东坡、龚自珍，津津兮乐道，脉脉兮含情。而且，他侧重斯文，边尊崇边效法，赢得了突出业绩。在《洞见斯文》一书的研讨会上，我忍不住强调：张铭跟通常意义的散文家不同，见斯文不见技巧。眼光捕捉到哪里，思想就落实到哪里。说得明亮些，他以文章的形式打开一个入口或曰一个出口，方便读者出入，尽可以“望星空”，尽可以“问世间”。

人，挺矛盾，又拆不开。张铭动作慢，语速也慢，可是思维却快，成篇却快。我试过多次了，只要约定稿子，如期而至，从未塌陷过。眼下，他作为吉林省全民阅读协会副会长、书香吉林讲书堂理事长，四处讲书，推广新阅读经验，也没传过来塌陷的消息。

继《洞见斯文》《壮思风飞》之后，轮到《半窗晴翠》登场。多副面孔，一脉相承，无非从文化出发，向经典靠近。比照张铭，袭上新感觉：我惯于读书却读少了，我惯于写作却写少了。同样一颗文人心，时间对我似乎带搭不理的，却总是怂恿他——要么风雨，要么雷电，要么风雨雷电。勤勉的张铭，演绎着若干种人生及可能。

我不是预言家，无法推断张铭的未来有多少种“可能”。近两三年，他奋勇追随袁枚、王阳明、王国维、于右任、梁启超、鲁迅、胡适、丰子恺、傅斯年、陈寅恪诸位大师，哪怕追随的仅仅是影子，亦化为魂魄了。不过，在他的字里行间，我仍旧确认不了方向。更何况，一个人的方向未必引导一个人的足印。

一个人的足印昭示一个人的本质、本色和本钱。

是，还是不是?

偶尔与张铭碰面，其实愿意领教。给我知识也罢，给我见识也罢，唯恐让我无遮拦地掏心里话。然而，他似乎不解风情，总是一口一个老师地叫着，叫得我心慌，没什么办法了。没办法，少碰面，免得两下困窘，弄不成诗意弄成了苟且。

这样说，则有些远了，则有些生了。终归是那个张铭，眼睛越发地小，心越发地大，大小之间抑或小大之间，经典的人、经典的书、经典的前尘往事，熠熠烁烁……

遵嘱，为序。

散文的调性

小说以假乱真，是一种境界；诗歌以真乱假，是一种境界。散文散，却不适合乱，一乱，就七八糟，失去了本身的调性。

孙辉弄散文，断断续续，二三十年了。弄出一些喜悦，弄出一些困惑。2014年前后，变本加厉，非要弄出一些名堂。那期间，他通过朋友找到我，随手递上一篇散文。我对弄散文的人都有热情，也愿意助力，答应尽快安排。他不走，还希望我指教，我好像没指教，但我记住了他。一脸诚恳的笑容，我收取了诚恳，笑容跟着他的背影远去。一而再，再而三，几年里给《吉林日报·东北风》周刊的散文都满足了他的发表欲。为什么呢？我也纳闷儿了，恐怕源自于他的诚恳。散文尽可以散，散漫，散淡，散逸，诚恳却不能散除。许多人散来散去，耍花腔，玩花活，文质却空洞。孙辉不，孙辉的字里行间跃动自己的魂儿，亦勾他人的魂儿。

说他是仁者，他又乐水；说他是智者，他又乐山。一个银行职员，业绩之外，痴迷于散文，能读书则读书，能行路则行路，都在为散文中输血或充电。于是，那些触及他的人物点、事物点、植物点、动物点，点点星星，星星点点，闪烁成一篇又一篇的散文。尽量灵一些，尽量妙一些，尽量灵妙一些，诸如《四月啜翠》《夏日听蝉》《秋菊赞》《白雪红灯年味浓》，沿着季节线边走边表达，便给局外人指明了方向，包括我。

或许，孙辉站位不够高、眼界不够宽，只便于专注身边的经见，过小，过实。我想敲打他，文学要有大胸怀，大气度，大悲悯。细细思忖，个体感何来？个体情何去？散文的核心不就是个体情感的流荡吗？打个比方说，无论一个人的服装怎么变化，发式怎么变化，举止言谈又怎么变化，之所以被记住，是因为那张天生的本皮本色的脸。散文这张脸，无非情感，融会而贯通的情感。诚恳的孙辉，诚诚恳恳地给出了烟火人生的调性。

所谓调性，就是格调与品性。一般人写感性，不一般人写悟性，神一般的人写神性。欣欣然，都在发奋的路上，孙辉顾自写他的调性：挚切、纯净而浪漫。

想怎样活则怎样活，想怎样写则怎样写。时间一长，渐成气象，不由自主地浸染了张岱、朱自清和汪曾祺。我不敢断定，孙辉的文心具有张岱的闲适、朱自清的清丽和汪曾祺的优雅。然而，换上包容的态度面对散文，孙辉是不是挺耐人寻味呢？我的意思是，一个人一种活法，一种活法一种风范。这里，我愿意说，孙辉是有才华的，目前的他，只把一半抑或一小半的才华用在了写作上。风是风，雨是雨，既然风雨的岁月里，梦想托付给了散文，祝他顺风顺水吧。

散文无密钥，无秘诀，所以我指教不了孙辉，只有老老实实写下去。顺便提示一句：写作不是美女变魔术，把乒乓球弹进平底锅就成了油煎蛋，把手帕纸丢进玻璃杯就成了纯牛奶……

作者信任我，让我序在书前，我就信口开河了。

以诗歌的方式，留念

从我的角度说，知道静川的人肯定比知道于江龙的人多，好比知道艾青的人肯定比知道蒋正涵的人多。对了，于江龙是静川身份证上的名字。

一谓先生，一谓后生。同样是诗人，远不能相提并论。

尽管静川写诗三十几年，已经硕果累累、白云朵朵了，却始终不见《我爱这土地》《大堰河——我的保姆》那种深挚而沉郁的调性。诗，咋写都是个好，秦时明月汉时关，一时一个念想。唐诗宋词，绝顶美妙，历代依旧继踵，依然捕风捉影。静川之所以令人难忘，便是诗里诗外的真情。真情一旦洋溢了，万物为诗，万事为诗，积极地成全了小小的、痴痴的、喜出望外的静川。

如果不写诗，静川完全可以凭借天资与勤勉过活自己的日子，并且舒坦畅达。鬼使神差吧？他少年时代偏偏迷上了诗。在诗的怂恿下，又毅然浪迹天涯；在诗的感召下，又毅然荣归故里。一晃儿，就耗去了大半个生命，好情好义存储在血肉深处。作品得以发表，无论是国内的《诗刊》还是区内的《长白岛》，都跟捡钱了似的，禁不住手舞足蹈呢！

两年前吧，偶尔的机会，静川的微信飞入朋友的一组彩照，秀色果然可餐，直教人神思飞远。以往，他阅读诗作《给她》，只当艺术欣赏了。没曾想，轮到自己也要莫名其妙地“给她”了。她是谁？她以为她是谁？具体的她暗转成虚幻的她，支撑着静川的天空，云里雾里，竟一口气写出了八首照片题诗，意兴仍然未尽！

不消说，静川是忐忑的。忐忑时间段，照片里的人给了他赞许，照片外的人给了他赞扬。在赞许与赞扬中，静川脑洞大开，把陆续传来的照片一一题诗。《松花湖》杂志看中了，一并推出四十首。《知音》杂志看好了，多次刊发在卷首。

浏览过不少文史资料，包括丘吉尔总统、伊丽莎白女王、宋氏三姐妹、海明威、黄柳霜、吴文藻与冰心、钱锺书与杨绛等人年轻时候的黑白片。前尘往事，漫漫漫漫，难得一怀追思。要是那些拍片之人，邀约静川之类，及时题诗一首，吾辈则容易许多了。

照片是今天的现实，亦即明天的历史。必须得承认，形而下的具象载不起形而上的意象，譬如，乡情、亲情、友情与爱情，哪怕是片刻的。所以，聪明的静川面对一帧照片，不会过分地描写镜像而会执着地表达意象。以《一个熟悉的背影》为例，“我可以随意找个借口/说是楼宇推搡我，和清风搭伴/造访你住的小镇/一个熟悉的背影/我企图绕过匆匆时光，让秋风迟到/我来不是为了/陌上花开/小村。庄稼。草帽下的女子/都可以藏匿在/我的诗里/一处若有所思的地方/往事像大鸟飞过村落/想与你俯身吻遍/金色年华的秋季/挟持一部分回忆/带回城市”。读完这首诗，再读这张相应的照片，我不禁哑然失笑。是啊，我能说什么呢？我说什么都是附赘。个中的禅理机趣，恐怕只有片中人破译了。

人生五味，适者为要。最初呢？静川试着去迎合，去角色里体味。再一再二再三再四后，他忽然觉悟把各色人等写得酸、甜、苦、辣、咸，无异于做他们的鉴定，费力未必讨好。照片里是一个人，每个人有每个人的生命密码抑或密钥，题诗其实是给读者一个入口，由此方可及彼。倘若仅仅停滞在“看图说话”层面，则太小儿科了，根本无艺术可言！

无艺术，何以为诗？

全民摄影时代，鱼龙混杂，肯于示众者之流当属好片。静川呢？尽可能地以诗的内功把好片推向极致，难免自作多情。敌得过“仰天大笑”吗？敌得过“漫卷诗书”吗？敌得过“能饮一杯无”吗？不过，他倒是颇通英雄配美女、咖啡配伴侣之道，精准地“揪”出画面背后的“思无邪”，一首又一首，幽深且悠长，给春给夏给秋给冬，给风给雨给雷给电……

眼下，静川照片题诗火起来，呈蔓延之势。伶仃奋战，三百多个群，四百多个圈，远远近近发来的照片目不暇接，几乎招架不住。如何是好呢？他说有感情的优先，又说有感觉的优先，还说有感想的优先。依我看，八成是困难，想提示他有意趣的优先，又想提示他有意味的优先，还想提示他有意义的优先。

我从前比较喜欢拍照，倒不是自恋，而是为了忘却的纪念。闲时翻出来摆弄，历历在目，恍然如梦，误以为退回到童年、少年、青年。中年后，就不怎么动心思了。即便是鹰击长空，即便是鱼翔浅底，也唤不出沉潜的灵魂。此番，静川的照片题诗鼓舞了我，便私下里想，多拍几张好片交给他，请他题上几首好诗，相伴成趣，相映生辉，或许就不会迷失了。

我的意思是，我不会迷失在岁月里……

所谓新知

A

人，活在世间，车马喧，风雨暖，受用不受用，主要看自己了。好，自不待言；不好呢？全力脱逃并祈祷？当然，也有放挺的，甚至放弃的，随个人意愿吧！时光的远处，渐小，渐暗。

“太阳升起来了，太阳落下去了，我什么时候变好呢？”据说，这是一个深山少年写在石板上的诗句。

念兹在兹，少年的梦想晕染着天边。

B

幸好遇见了你，幸好遇见了我。

幸好遇见时，会心一笑，灵光一现。

一切刚刚好。

好是没有止境的，而且没有定义。顺风顺水好，逆风逆水不好吗？

此一时，彼一时。

人生得一知己，我是欣喜的。欣喜之余，我想我该如何料理呢？理会和照料仅仅属于你我的这一份意外。

C

所谓新知，即感情的“初级阶段”，资历尚浅。

惺惺相惜的企望是：从精神到精神，从物质到物质。进而，从精神到物质，从物质到精神。具体在你我身上，从阅读到阅读，从咖啡到咖啡。进而，从阅读到咖啡，从咖啡到阅读。

怕只怕，浑然不觉，落入俗套。

人一旦苟且，就没了“诗和远方”。

D

相对于旧雨，我更倾向于新枝。新枝——生命的新枝。是我顾此失彼吗？或许是，人都一个样。旧雨是用来怀想的，新枝是用来期望的。

我期望什么呢？一杯咖啡，一脸浅笑，一个且情且义的邀约？

人与人，互为风景。

看景不如听景？

忽近又忽远，忽远又忽近。远也你我，近也你我。

回眸间，一场人生，不了了之。

E

烟火生活当中，你是不是那道我洗心的流水？我是不是那座你朝圣的高山？

你若流水，我则高山。或动或静，见微知著。

F

盛夏。热。做不成事情。

突发奇想，看看你的照片啊！介意吗？不介意。很快，便从微信传来，一帧帧，述说着斑驳旧日，无声胜有声，比初识的样态好多了。

人生四季：春、夏、秋、冬。

春夏之交，不啻人生之华彩乐段。那时候的你，更青涩、更清透，而且更清朗。叹只叹，穿越岁月的墙，我也回不到少年里了。

G

戴墨镜，看外人的颜色就不一样了，分明在时光的远处看近处的时光。我是外人吗？那么，在你镜片后面，我是一个怎样的外人呢？成熟、睿智、幽默、有格有调。羽毛般的赞誉，随风飘送，耳朵却未停靠站。

我知道，我是被我过早地宠坏了。

你是一只杯子吧？看上去，水已经满杯了。中年的杯子，苦辣酸甜。

我呢？兴许是一枚石子，一枚可以入水的石子。

再见你的面，你会从微信的美图中跳出来吧？出奇制胜，要么像男人那样“抱拳”，要么像女人那样“拥抱”。

岁月可以老去，情怀不能沧桑。

H

其实，我还是一棵树。

神派谁来？谁是那一只身藏暗码的兔子？

I

听天由命的兔子，不吃草。

写作的手，只属于文字，虚虚实实的文字。

不做谢道韫吧？不做李清照吧？

做，当然做自己，做干净的文字里干净的自己，干干净净。

只有干净的人，方能成全高贵，以及善良。

J

素面朝天好吗？一张真切的脸，足以唤醒一颗沉潜的心。我会记住啊，并且不再使彼此莫名其妙地疏淡，红尘中……擦肩而过。

K

多情终被无情恼？不。严冬里，彼此一片温暖；酷暑里，彼此一片阴凉。或许，我是过于乐观了。陷落的日子，道一声珍重，哪怕留淡淡的忧伤在此岸，彼岸光明又灿烂。

请保留曾经默许给我的特权吧，请慢慢、慢慢、慢慢地习惯妆对全世界而独自赠我以本皮本色的那份生动。

L

人只活一生，遵从自己，得失都是天意。许多年前，听说过一句话：人在临死的时候，最大的遗憾不是做了什么，而是没做什么。

得意与失意，无非命里命外，不辜负！

M

且慢，目前的你我仅仅是对方的熟人，面熟心不熟，彼此之间辽阔而苍茫。

格式化的中年，梦是唯一的奢侈品。无限江山，即兴发挥，你啊你，终究免不了岸边折柳，免不了眉眼凝殇……

N

都不是一望无际的年龄了，顾虑层峦叠嶂。进一步，难；退一步，难。这种进退两难的境地，让我发现了另外一个我，以及你。空洞的你我，忽然塞满了虚浮的幻象，塞满了比幻象还虚浮的轻云淡雾。

人生苦短，为什么不呢？

O

老实说，我是许给过你一些夜晚的，或白天。人，最难将息。心海潮汐的时候，看你发过来的照片，看你中学的纯净，看你小学的纯真。我用我的方式哄自己，绕开你似是而非的惦念。对，是绕开，哪怕我白费心机。

P

有个民间传说，讲的是一财主日常以茶待客，自得逍遥。某天，进来个乞丐，先挑茶不好，复挑水不好，又挑壶不好。最后，把自己怀里的壶掏出来沏茶喝，味道果然绝妙。于是，财主留下乞丐，情愿供吃供住，直到人去壶碎，直到知音难再的痛惜。

我是你的财主吗？我是你的乞丐吗？天知道。那么，我以外的你知道吗？知道不知道？一颗心，跳动在身体里。

有限的生命啊！

无限的遐思啊！

Q

看人，当然看重点，你的重点是眼睛。

在一篇文章里，你出示了你的重点。

最初看到的你，迷迷蒙蒙。重点被藏在一副墨镜后面了。墨镜极其夸张，架在鼻梁上，脸庞小了许多，聪明的你哟！我之所以能够记住，是因为你沾了老乡的光。异乡见老乡，话题自然随着松花江去了，远远地去了。

时隔多日，读文章，重点再次引发了我的兴趣。哦，是深邃吧？

心下的想头儿是，你在我的面前，裸眼会更好。

我怕，我怕日后走到大街上，连与你擦肩而过的惋惜都没有。没有呢，你不惋惜？

期待你的妥协。让给一怀愁绪，让给两袖清风。

R

美当前，哪一个是眼盲？往往是心盲。

“浑身全是友情。”何止呀！

五十岁以后，主要在感，其次在情。世间友情和爱情，最妙是融合，而非混搭。打个比方说，友和爱同样装进情这只空杯子，又不是咖啡和豆粉，难为我这一介书生了。

仍然喜欢做梦，梦即想象，想象远比现实神奇。

我不敢说我就是你的鲁迅了，就像你不敢说你就是我的萧红了，一样。

如果给出一片蓝天，你可以飞翔吗？

如果给出一片草原，你可以奔驰吗？

如何是好？如何……是好！

S

借别人之口，你为自己的形质定了位：民国范儿。

我一下子就想到了林徽因。

林徽因美吗？不美，不很美。更动我心怀的是她的身世及故事。20世纪80年代初期，徐志摩的诗风席卷大学校园，我陶醉于他的《再别康桥》，爱屋及乌，又陶醉于林徽因的《你是人间四月天》，对两人难解难分的爱恋也深深陶醉。

告诉我，你所呈现的照片上或文字里，哪一个更接近于我内心适宜的你？

T

后来者居上。居上，当有居上的鬼使神差。

你就闪耀在我的鬼使神差中。

比如，交往多一些，交谈长一些，交友广一些，交谊深一些。

我们不，偏不，逐渐缩减的愿望将尽未尽，你剩下“何日共剪西窗烛”，我剩下“却话巴山夜雨时”。

作家木心泄露了天机：“一生只够爱一人。”

从前慢，现在慢，将来……慢慢来。

鬼神都不急，轮不到我们急啊！

U

就朋友而言，对你知之甚少。细想，这不正是发现你、挖掘你的原动力吗？

你那么迷信薄施脂粉，那么依赖墨色眼镜，宛若酷侠，心思却如此绵软，绵软得傲娇：“宁可与热闹保持着距离。但是啊，对于我认定的人，请进生命里的人，绝对愿意拿出真实和赤诚的。”

燕子低飞的年代，谁也成不了英雄。偶尔的夜与昼，寻一处宁谧，双手合十，祈祷成为彼此的树吧，你倒映在水中从柳，我伫立在风中从杨。

一谓顺生，一谓顺心。

朋友倒是要匹配的，心灵上的匹配如入仙境了——所谓昔我往矣，所谓杨柳依依。

V

万一，空仓了呢？

万一，空想了呢？

万一，空空如也了呢？

W

一树一菩提？一花一世界？

鲍勃·迪伦的民谣唱了几十年，一代又一代，直逼心灵的词曲依旧那么迷离——《答案在风中飘荡》。

无非留下恒永的念想，闪电般的恒永，给自己。

X

历久弥新的朋友，结为死党，很有些江湖气象及趣味。回首来时路，我太轻飘飘了。而我得意于自己的“轻飘飘”，朋友无异于一张又一张的情义卡，寄放在我的情感深处。需要了，刷一下，如愿以偿。更多的卡，无声无息地安歇。当然，自有破损的，自有丢掉的。所幸，密码在，“昨日”也会在我的缅怀中“重现”。

告示板上，我不更换的留言是：同性之间，走着瞧；异性之间，瞧着走。走到哪一步？看缘分，看经营，尤其看心情。

Y

还没握过手吧？手与手之间，妙不可言。

我终于明白：生命中多一个人或者少一个人，没什么所谓。如同日子里多一场雪或者少一场雪有所谓吗？不过，崭新的你冥冥中给我出了一道题。呵呵，不是令人郁闷的数学，不是令人愉快的文学，而是起起伏伏、明明暗暗的美学，西方油画般。

美学里，会不会迷失？晚了，我早已经丧失了勇气和力量。

Z

我们这一代人，风过、雨过、雷过、电过，难免替自己担忧。

歌德谢世前，缓慢拉开病房的窗帘，喃喃地说：“让阳光多一些！”

人活着，最暖的终究是阳光。

空白美妙，美妙的空白，新知依旧新知。会的，如期而至，如约而伴，美丽而芬芳。那时候，颤巍巍的我们，不去尼斯，不去加州，不去巴厘岛，随便一处街角，随便一处咖啡厅，面孔对面孔，杯子对杯子，默默销蚀着一个个黄昏及夜晚。

在生活的艺术里，艺术地生活，如此而已！

记忆芬芳

一

长春的11月，雪花还没有飘来，却飘来你的声音。因意外，尤其惊喜！

你在电话的那端叫我师哥，我是你师哥吗？

浩繁世界，我其实不知道自己有多少个角色。我最喜欢的角色是儿子，可惜随着父母双双老去，这个角色称谓被彻底放弃了。我还喜欢兄弟的角色，家中排行老三，叫我兄或叫我弟的，都是我的手足。当然，我成了丈夫，成了父亲，便一改往昔，活得更像模像样了。社会上呢？则不好梳理，百八十个称谓不在话下，叫我编辑，叫我老师，叫我同窗，叫我学友，许多人还习惯越过身份往亲了叫。我同不同意，那是我的事儿，反正我应声了就算一个角色。

上一周的周一，你突然打来电话，脆声脆调地叫我师哥。我在心里便顺情顺意叫你师妹了。——独自享受！

哦，我活了半辈子，好像没对什么人叫过师妹的。不是我多么矜持，抑或多么古板。换言之，别人叫我师哥的时候，我不至于这样条件反射或自作多情，你却另当别论。

对于你，我只能另当别论。

尽管，直到目前为止，我尚未亲切地叫你一声师妹。

二

叫不叫得出口，就师妹了。

但你肯定不知道，当我接听你的电话时，我内心是怎样的滋味。你反反复复问，三十年之后的师哥是不是还记得你的名字。

当然记得，何止是名字！你的样貌、声音、举手投足，早已隐匿于我的心灵深处。你就那样不经风、不淋雨地住在里面，从来没有被岁月剥蚀。

最是那一低头的温柔
像一朵水莲花不胜凉风的娇羞
道一声珍重
道一声珍重
那一声珍重里有着蜜甜的忧愁
莎扬娜拉

当然，你不是那拖地的日本女郎，我也不是惜别的徐志摩，而相似的一幕却时常在我的脑海中上映，闪现着近乎神秘的光芒。

对，20世纪80年代校园，男生女生都沐浴着朦胧诗。朦朦胧胧的时代，以及那个时代里朦朦胧胧的思想、情怀和趣味。春花秋月，怎么就与你相知了呢？一次擦肩而过的回望？一次相视而笑的默契？一次意犹未尽的倾谈？一次心领神会的期许？

相知了，就不曾忘记！

我有时会不由自主地把你想象成林徽因——

你是爱，是暖，是希望，你是人间的四月天。

三

你那一身装束，在那个年代，走在路上很引人注目，高跟鞋，深色裤，浅蓝色的高领衫外套浅黄色的休闲衣，走起路来很富于节奏，齐耳的短发也十分配合，翩翩来去。那背影，尤其牵惹我的目光，我迷恋过吧？应该是。

相对于背影，脸庞有些瘦，五官有些小，经不起琢磨的。而那青春的背影，来来去去，时常让我领略到什么叫作风姿绰约。

对了，还有你的笑声，说来即来，说去即去。能够掌控自己笑声的人，一定是幸福的。哦，你的幸福！

你喜欢打排球，打排球时候的你，自然顾及不到我，依旧笑声清透，迎着面，灌溉着我。此外，就是你送我的那尊奔马雕了。我毕业之际，你嬉笑着送我的，我忽然觉得自己便是辽阔的草原了。不但感动，而且把这种感动插上了理想的翅膀，1984年11月号的《青年诗人》成全了我的心愿。只是我没有及时告诉你，我自己的心愿我自己了结！

四

……后来。

后来的你读了研究生，做了杂志记者，做了机关公务员……一级一级攀升，或许客观上助长了你的性情、才智、趣味，洒脱或飘逸，当然也包括傲慢与偏见、防范与警惕。

那一路，太缺乏我的喝彩，甚至太缺乏我的关注。

都——不——重——要！重要的是从前的那个你在不在原点上。从前的你，何其清纯，小眼睛、小鼻子、小嘴巴挤在一起，小得恰到好处，看上去一脸的喜洋洋，酷似真由美。其实，这样的你一定打动过许许多多身边的人。人不语，你什么也不察觉吗？小师妹哟！

我的脑荧屏上始终保存着师妹的样貌，尽管有些支离破碎，但每个碎片里仍旧映着从前的你。很想抓住这份记忆，却担心记忆如沙子，越是抓得紧，越是容易流失。这，是不是宿命？

五

你说，如果你不打这个电话，我就不会想起你，今生就没有我们了是吗。山高水远，其实一样的苍茫！

你是偶然间翻看《细节与碎片——一个人的诗歌记忆》时瞥见我的名字的，灵机一动，于是穿礁绕岛讨取了我的手机号码。试探着打过来，我还没接上呢，你又沉默了。疑惑了一整天，又试探着打过来。

试探，是女人的习惯或出发点。此后……遥相呼应。

而你断断续续的电话中，还是不经意间泄露了你对“我们”的记忆是单薄的、肤浅的，甚至是即兴的，带着明显的感性色彩。这不怪你，少女之心能留多少空间给别人？我已经十分幸运了。这一端的我，却是记忆的富翁，一五一十地回答着你的询问，语调诚恳，语意深切，所有的字词都郑重而明亮。为什么不呢？再过三十年，恐怕都作古了，人只活一生。许是兴奋过度，近乎话痨，也摸不准究竟哪一个表达才能撞醒你，撞痛你，乃至把你撞回到且真且淡的大学时代。

多少次，我出入你所在的省份，脑海中都会浮现无数个你，生动得接近顽皮的你。那时候的想念很形而下，无非是想念我们少而又少、淡而又淡的交往及交流。实际上，我就在相邻省份，空间距离很近，时间距离却很远。三十年的杳无音信，渐行渐远促成了我对一份珍贵记忆的怀疑，我们相知过吗？我们交往过吗？我们交流过吗？

大学时代的记忆微微的、小小的，像一苗烛光，像一颗星。

即便是这样，我依然守望着。电话里我说，你和我，单单是你和我，跟任何人没关系，我宁愿没有你的消息，也不会四处打探，弄得漫天飞絮。

没有消息就是最好的消息！

原来，你毕业后就离开了生你养你的小城。原来，你不知道生你养你的小城是我唯一寻你的轴心。原来，我一切的梦想……都是乌托邦！

幸好你打来这个电话，幸好你跟我一样记忆里闪耀着一苗烛光，一颗星。

六

我是浪漫的人，生活中的一个点，往往会洇成一片山川日月，请不要从写实的角度对应我的踪迹。之于你，我暗自做了诸多的假想，无论哪一种结局或开始，都不至于左右我的心向。幸亏是师妹，幸亏是从前的不矫不饰的你，纵容我迷失中的一往情深，哪怕一塌糊涂！

七

“我看青山多妩媚，料青山看我应如是。”真想叫你一声师妹呢！

阔大的校园，阳光灿烂，你还是那般天生丽质，还是那般风姿绰约，还是那般漫不经心，还是那般若无其事，还是在人工湖畔散步，还是在运动场上打球，还是在图书馆里研读，还是在动植物园闲游。

我呢？还是一副不修边幅的样子，还是一副似是而非的表情，还是一怀愁绪两袖清风，还是一腔热血两肋插刀。你我依旧邂逅，而不是相约；你我依旧擦肩，而不是相期。

天空还是那样朗丽，云彩还是那样洁白，风儿还是那样轻柔，鸟儿还是那样自由。

说什么偎依？说什么承诺？说什么缠绵悱恻？说什么信誓旦旦？让一切回归历史，回到相识、相知、相见、相别的青葱日子……

对了，还要帮我占座，还要给我笑脸，还要讲你不咸不淡的故事，还要无拘无束抑或无忧无虑啊！还要二十一岁、二十二岁啊！

还要喜不自禁地挽着女伴，时常出现在师哥眼前啊！

八

三十年后的今天，你早已不是你了，我也早已不是我了。然而，因为一个电话，我们又穿越回20世纪的80年代，那个花园似的大学。

——多么年轻的你，多么年轻的我，多么年轻的我们啊！

看到你三十年后的照片，我一时无语。精致，明媚，成熟，你已成功地实现了一个小女人到一个大女人的转变。此刻，要是你唱《敖包相会》，而我吹口琴伴奏，肯定是最完美组合。的确，你比先前好看多了。之所以用“好看”，而不用“漂亮”，是因为我必须老老实实对你说出每一句话。人生有几个三十年？对于你，对于我曾经迷恋过青春倩影的你，我难再有莫名的夸张或闪烁，丁是丁，卯是卯，包括一言一行。生命只能是这样的，我的生命。

诗人说：

幻想在破灭着

幻想总把破灭宽恕

破灭却从不把幻想放过

眼下的我，很愿意将你的四张照片做成MV，跌宕在我日后不肯老去的情怀里，挚挚切切，也许直到终了。别说我“在孤单中疯狂”，最怕你“在哭泣中笑场”！

九

听听你的声音已是奢望，我喜欢被师妹声音缠绕的旧时光。期待电话，期待被缠绕，期待春暖花开。没有你的声音，我把惦念献给你。

也想过见你，怕只怕飞机、高铁、自驾车送我到你面前，一瞬间毁掉了属于我们的且空洞且充实的三十年。是啊，除了我们，这个世界里，谁个拥有彼此丝丝缕缕、影影绰绰的三十年的牵系？

如果从一个日子可以抵达岁月，如果从一束目光可以抵达魂灵，终究会有那么一天，你会了无挂碍地站在我的面前，彻底逍遥于动人情肠、催人泪下的故事与传说。

幻境里，我还没有设置好时间、地点，以及相见的N种情形。依私下意愿，我希望我们的久别重逢古代些、古典些。彼此跋涉千里，历尽万苦，让全部的热情和矫情都悄无声息地消散在路上。见了面，打个招呼，下意识地握手，下意识地拥抱，下意识地打量岁月的痕迹，自然而然，水到渠成。不感动，也不感谢；不忧伤，也不忧虑。

回到现实中，尽管你已经知天命了，但是女人羸弱的肩膀、脆弱的笑声、纤弱的心性还不足以支撑自己的天空，更可能不由自主地借助游戏、谎言和预期的月圆与月缺。

就叫你师妹吧。比友谊深些许，比爱情浅些许，深了浅了都没关系。至少，不会因为某一件事错位了，某一句话错会了，便拂袖而去，并且从此不再联系。

这些天里，我常常一个人漫步在街头，哪一副面孔都不是你，这使我失望甚至有些绝望。转念却又想，我应该回到校园，即便没有我的明天，我也可以拾回从前，一片，一片……

真的，大千世界里，两片生长着的叶子风雨中相互致意，多么美妙！不要落下去，落下去就是一个秋天。秋天，会重新演绎王子与灰姑娘的童话吗？

1994：暑中札记

今夏大热，打破了我的美好计划，身心皆倦怠。陷落中，生出个鬼主意：写它一个整月的札记。琐事碎思，散漫成篇，投机取巧，聊以自慰。7月19日我满三十五岁，我则自动弃“鬼”而去。

近几天，持续高温，无风。晚报以《热浪袭击下的省城》为题，做了客观描述，说虽然离酷暑还有一段日子，但比往年早来的高温天气，已使人们大汗淋漓、烦躁难耐……

我本性情中人，与“烦躁难耐”的人们相比，似乎是有过之而无不及。先前做好的创作计划，没法落到实处。别说动手，甚至连思维都是懒惰的。《中华儿女》杂志（海外版）要在第二届长春电影节前夕出个专号，派到我名下三千字，我一直拖到这个周日。早晨起来，吃饭，看罗马尼亚和哥伦比亚争入世界杯第二轮的足球赛，罗马尼亚在绿茵场上大显威风，哥伦比亚也不示弱，最后3比1终场。我以为，哥伦比亚输得冤，但足球是圆的，冤也得认。

可情绪怎么也稳不下来，索性睡了一觉。醒来已是正午，有些饿，却不知吃点什么，最后泡碗方便面草草了事。脑袋还是昏昏的感觉，又睡掉了小半天。从来没有这般聊赖过，内心不怎么对劲儿，也许与天气有关吧。

6月19日晚

昨天欠下的文债，今天得还。

本不想去上班，犹豫了再三，还是去了。中午回家的路上，巧遇大学同窗S。曾听人说，他买原始股票，赚了大钱，现在连工作都放弃了，整天泡在股票交易大厅里，而且始终有得赚。他劈头就问："你还写东西呢？"我说照旧，内心却不畅快。

在他眼里，我分明是个不识时务的蠢家伙，好像天已经晴了，而我照旧浑然不觉地撑着雨伞……

我承认，他挺精明，但我也不那么蠢。各人有各人的活法，各人喜欢各人的感受嘛！

时下，令人眼热的事很多。我却在读卢梭、尼采、川端康成、普里什文，读鲁迅、老舍、梁实秋、钱歌川、余秋雨……我在做着四年的计划和努力。我想四十岁的时候，我应该可以说自己是个不错的散文家了。

这是个预想，或曰遥远的梦想，至少眼下不必脸红。

6月20日入夜

看完香港电视剧《义薄云天》，已近半夜了。打算睡个好觉，几个小时后将有一场巴西与俄罗斯的足球赛。我是非看不可，主要是想欣赏一番本届夺冠呼声最高的巴西队的足球艺术，谁输谁赢都不重要。人躺在床上，思绪却飞到缥缈外，真可谓"无主题变奏"了。折腾得一身热汗，像发高烧似的难耐！

睁开眼睛才凌晨3点，离球赛开场还差一个小时，也不敢合眼了，怕前功尽弃，还得熬。忽然想起《永不消逝的电波》中的那组镜头，众敌破门闯入李侠家中，翻来找去，狡猾而凶狠地问：“半夜3点什么的干活？嘀嘀嗒……”不禁苦笑。

经过九十分钟的角逐，巴西队获胜，2比0。

我却相当失望，太平庸，我没有欣赏到艺术足球。

6月21日7时

接到一封信，短短的，告知她的近况。

与W曾是很好的朋友，因为两地，便常常通信，通心思。

那段日子里，我工作上有些挫折，气不顺，是那种落进井里、只见一小片天空的感觉。

她那时的信很勤，差不多每天都可以读到。默默感受着一颗纯净的心，我觉得自己换角色了，那天上的太阳、水中的月亮依然是我的……

可惜在后来，她长大了，不再是十七岁的女孩了。

长大了的女孩，显得很慌乱，很局促。每次见到我，都不知该说些什么，这让我这个大她整整一轮的男人，莫名其妙地生出了愧疚。我想是该离开她的时候了。

我当然会耍一些把戏。

以后的日子，就渐渐地烟消云散了，直至五年来杳无音讯。

她现在做了我的同行，在另一座遥远的小城，估摸活得不错。她让我常寄报纸给她，这不难办。只是怕她真的成熟了，识破我当初的嘴脸，再见面，两厢尴尬。

我要不要与她通信呢？一整天，总是她的影像浮动着。

6月21日傍晚

有点疲劳，头也沉沉的，就早些睡下了。梦里却不得消停，乱七八糟，无头无绪。记住的一个细节是，穿衣服洗澡，发现后脱掉一件又是一件，就是脱不净……

多少年来，我总是睡中有梦，好像什么梦都做过了。有的是白日的延续，合情入理，巧而又妙；有的云中雾里，假假真真，尽是些绝境逢生的把戏。梦是虚的，好处显而易见，至少是扩展我的思维。倘若编个《梦境大全》，我倒可以贡献出几条来，保准令人拍案叫绝。

那么，穿衣洗澡，隐含着什么呢？

得查查《周公解梦》了。我虽然知道，梦与现实一团麻，好梦却总是我所期盼的；即便它是不祥之兆，对我也是个警示。

6月22日8时10分

气温越升越高，人的衣裤越穿越少。我则早早地穿上了汗衫短裤，虽然也不能凉快到哪儿去，但图的是随便。就有人说："培光，你见胖了。"这话，最初听妻子嘀咕过，我没在意，她经常于我身边嘀咕些鸡毛蒜皮的琐事，我很难在意。别人说就不同了，一站到镜子前，我就忍不住拍拍自己确实凸起的肚子，心想，怎么会呢？

见胖，就是发福。对我这个临近中年的人，绝非好兆头。

按惯例，每当雪季一过，我就骑自行车上班下班了，今年却一直乘坐公共汽车。同事笑我是个软家伙，其实"软"换成"懒"更准确。细又想，我的"懒"是由疲劳生发出来的。从前，我常熬三更半夜，未曾感到困倦，现在却恋床，常常是看看书就迷糊过去了。

"心宽体胖"，三十岁以后，我自然心宽起来，对人生的理解和使用逐步接近本性。怕只怕，身体走了下坡路，毁了我许多瑰丽的设计。

趁“胖”得尚不严重，我是要控制了！

6月22日18时20分

女儿一年级，学习自觉，差不多每天都有考试，而考卷上差不多都是满分。放学回来，她总是得意地嚷嚷着让我签字。其实，我比她更得意。

虽然进入期末阶段，女儿却一点压力没有，像往常一样，每天做完作业就玩这玩那。是啊，她既然能把课程学得出色，家长又何必给她多加砝码呢？

女儿很会钻我的空子，随即摆好一副跳棋，就那边等着了。我也很乐意应战，就放下手中的活儿，凑上去对阵。女儿装着小心眼儿，每局都让我先走，可走着走着，她就偷着耍赖；我也不易，总得视而不见，且要装作十分认真，认真到每局必输，而且只能输她两步或者三步。当然，也得靠些小动作。

父女之间的游戏，最讲分寸，这样才有情趣。是吧？

6月23日8时

到单位已经10点多了，桌上是一摞儿昨天从图书馆借来的书。里面还有些资料需要复印，以供编撰《失掉耐心的打捞者》一书选用。

望着它们发了半天呆，心却茫然不知所措。若讲近水楼台，该去求已经求过多次的W女士。但我觉着气力不足，再一再二再三地求了人家，谢了人家，人家要是给你一个平淡的面孔，自己怕都心上过不去。况且，咱是求人家，又哪儿有让人家赔你笑脸的理？再说……

还是心头一亮，给老朋友乙打去电话，果然应允。

所需的资料很快就复印完了，在朋友那里不过“小菜一碟”，却让我内心非常愉快。只是我不肯把感谢说给他，怕他下次不帮我了。

6月23日17时45分

刚进家门，妻子下了诏书，买菜去！

平日总是她把菜大包小包地带回家来，气喘吁吁，却无怨言。

偶尔这么一次，我只有“理解了要执行，不理解也要执行”。就去吧。

她知道我在市场上不得要领，胡乱花钱，指教说：买点儿豆角和柿子就行。

到了菜市场，我一下子就蒙门儿了。真是应有皆有，看也看不过来，听也听不过来。心里装着妻子的叮嘱，便直奔那豆角摊儿去了。先问价吧，一元一斤。其实，问也是白问，我根本不了解行情。见几人争着买，就称了二斤，还故意凑近了看秤，这个夸张的动作是做给卖主看的，意思是“你别蒙我”。实际蒙与不蒙，全凭他那一刻的良心，我没耐心去识。他给了我高高的二斤，我把钱递上去，乐呵呵地寻起了其他摊位。几问豆角价格，都低于一元。不到十分钟光景，我又折身逛了回来，就听那卖主粗声喊叫：“新上的豆角，九毛一斤！”看上去，仍是那一堆，就想果然市场如战场，风云突变哪……

我的得意瞬间也变成了失意。市场还是吾妻逛好，任她斗智斗勇，起码少花些冤枉钱。

6月24日18时30分

下午接个电话，想请我写首适合朗诵的抒情长诗，然后再请几位国内德高望重的电影演员来朗诵，准备在一个盛大节日里表演。我已几年未写诗歌了，但有这么个露脸的机会，我还是承接下来。

我想，我是可以写得令人喝彩的。

我把这事跟一位朋友说了，却被告知，人家在请我的同时，又请了另外一个人。我忽然有种被愚弄的感觉。所以，我决定放弃了。不管那“另外一个人”是谁（可能还是我的朋友），我都不愿去上那个擂台；我也不是怕败下阵来，艺术本身就是别具特色的。我所不能容忍的是，请我的人表面上重视我，实际上却是轻视。我不想沦为这样的角色。

晚上正好他来电话，同我进一步商定朗诵诗的主调，我却把这个美差辞掉了，我说我有另外的急事要做。做什么呢？

鬼知道。

6月24日19时40分

有一书叫《文化苦旅》，余秋雨著。

我是认真读过这本书的，很喜欢，且有幸见过余秋雨本人。去年9月，全国报纸周末版在大连开研讨会，还特别邀请他为编辑、记者讲了一课。他讲过后，与大家对话，很热烈的一种氛围，我至今没忘。

两个月前吧，朋友X到我家来。她见我的书架上放着《文化苦旅》，执意要借去看。我说“不行，借你就回不来了”，她还是拿了。今天，接到她一封信，让我自己买一本还给自己。根本没有商量的余地，我这里即使气冒烟儿了，她那边也肯定是笑嘻嘻的。

好书，谁都爱读，谁都想据为己有。怪只怪，我是她的好友。

6月24日23时

该发奖金了，却没发下来。这几天买东西，就不太敢大手大脚了，就会经常牵念那借出去的钱。

我是小户人家，本无多少积蓄，所以能借钱给他人，一半是为救急，一半是为面子。都是老相识，借便借吧。

渐渐地，我就有些吃不住劲了。虽然不好意思开口，心里却在嘀咕，那钱什么时候还我。也知自己太没绅士风度，怎么就不能耸耸肩，忘掉它呢？于是痛下决心，不再借钱给人家。

可轮到下一次，依然是借，时间稍长些了，依然是心里犯嘀咕。钱属身外之物，却总要从不同的角度暴露着人性的弱点。

最好的办法是，不借钱给人家，也不向人家借钱。

当然，有钱人就另当别论了，反倒要笑我。那又怎样？

6月25日近11时

午饭吃什么呢？在厨房里转了半天，也想不出个名堂。

要是妻子在家就好了。她虽不是调理饭菜的高手，但总有办法。而且，我只管做我自己的事。开饭时，她那边喊一声，我过去填饱肚子，再好不过了。

今天是周日，我和女儿在家，妻子单位却休周一。最麻烦的就是吃午饭，父女俩往往对付一顿了事，所以我对女儿抱着愧意。这不，我在厨房又发起呆来。

女儿从外面回来，我知道她要吃午饭了。几乎是同时，我的脑袋开了窍，对，就带她去市场随便吃点什么。她先是不肯，后来还是跟我走了，条件是回来让她看电视剧《新白娘子传奇》。选定了一个临时搭建的馄饨棚，坐下来，一人一碗，吃得热火朝天，之后乐颠颠地转回家了。哦，只花了三元五角，就换了个心满意足，以后真可以多去几次！

关键是突发奇想，并且立即去做。

6月25日13时30分

友人R从吉林打来长途电话，说那边已经准备就绪，以笔会名义大家到松花湖聚一聚。我又来了劲头。

本来朋友们南北西东，各忙各的，或名或利，久违不知。

说真的，我时常念及他们。若能聚个三天两天，哪怕只是搓搓麻将、甩甩扑克，彼此也会亲近一些。

朋友就是要亲近，否则谈什么情义呢？

我期待着启程的日子。

想起去年的松花湖笔会，大家一周里颠三倒四，极其畅快，那样的好时光实在不是很多。尤其是那个午后，大家都在湖中戏水，而人近四十的胡兰女士借助救生圈浮在波平如镜的水面上，悠然自得，完全沉醉在一种忘我的梦幻里了。我曾对她怀有成见，可是那一刻，我否定了自己。

今年的笔会，我还能不能沿着自然山水走进心灵山水？

6月25日17时10分

夜里又做了场古怪的梦，我被责令搬家。任凭我怎么求情，都无济于事。我真是恼火至极，却不好发作，只好去看新房子。

身后跟着一群狗，汪汪地叫，我就被叫醒了……

这是哪儿跟哪儿呀？现实的我，一家人住得好好的，连这次单位分房都主动弃权了。那么，梦和现实是怎样的相互关系呢？

我努力推想，最后的落点是：我平稳的生活中，隐藏着动荡，而我的潜意识里已有了这种危机。果真如此，那我倒要调整一下了。

居安思危，是这梦提醒我的。虽然它来得莫名其妙。

又及：今天是休息日，女儿昨天就张罗去她姥姥家，我也答应了。看窗外，雨已下了两三个小时，仍没有停歇的意思。她给姥姥打了电话，告知不去了。

我知道，这场雨扫了女儿的兴。但是，多少天的万里无云，它又是太及时了，人的心里太需要它了。我的女儿，此时顺从而愉快地玩在家里。

6月26日9时50分

雨后的空气果然清爽！我走在街头，贪婪地呼吸着。

多少天来暑热的袭击，早乱了心绪，什么事情也做不成，仿佛整个人陷入了绝境，脑海中一片迷惘！

因为这雨，忽然就“醒”了，原来天下本无事。漫漫人生路，陷入绝境的感觉不在少数。甚或厄运种种，自天而降，使人措手不及，很容易万念俱灰，比如，疾病、车祸、火灾……其实，于个人而言，生活终究是一种秩序，偶尔乱了阵脚，之后自觉回归，才可喜可贺。

我该感谢这场雨！

6月26日14时15分

为了某个面子，要给人家写篇东西，也答应多日了，却迟迟未去采访。知道人家急三火四的，但写东西得有心情。没心情，写出来也是一堆垃圾。

大清早，有电话打到家里。一听是他，连忙解释，自然免不了那种无处藏身的感觉。好在是通电话，倘若面对着面，我恐怕更加狼狈。

于是说定了具体日期。

这一阶段，虽然手忙脚乱，但并不是我一拖再拖的根本原因。给人家吹喇叭，非我强项，也不情愿。人活在世上，不情愿的事多了，少干几回就少几回烦恼，而应下了又迟迟不动，那烦恼便日益加深。

但愿，这烦恼同时也是给自己的一个严重警告。

6月26日18时

买了布老虎丛书散文卷：余秋雨的《文明的碎片》和铁凝的《河之女》。两位作家的随笔，应当说，我都熟悉。余秋雨自然有那本《文化苦旅》伴我，而铁凝零散发在报刊上的《草戒指》《门外观球》《温暖孤独旅程》《你在大雾里得意忘形》等篇章，亦留在了我深刻的记忆里。我喜欢倾听余秋雨居高而临下的文化诉说，也喜欢咀嚼铁凝临下而居高的人生体验。所以，有他们的著作出版，我不仅会自己买来阅读，还要向文友们大肆推荐。

喜欢两位的文字，换句话说，就是讨厌琐琐碎碎那一类泛滥成灾的俗文俗气。说到底，文人的高贵与深邃至关重要，拥有二者的人，无论站在哪个基点上，总是不凡的。

眼下，我想重新读读这一位男士和这一位女士。

6月27日17时20分

第十五届世界杯足球赛的战火越烧越旺……

报载：由于在世界杯足球赛小组赛中连吃两场败仗，哥伦比亚队基本与十六强无缘。教练马图拉纳表示，在哥伦比亚队26日踢完与瑞士队的比赛后，他将辞职。

我是今天早晨（北京时间6月27日）观看瑞士与哥伦比亚两队交锋的，哥队英勇奋战，终以2比0取胜。他们对罗马尼亚和美国的前两场比赛，我也看了，我觉得他们相当有实力，只是战术上吃了亏。其实，他们应该进入决赛圈。

马图拉纳是在输给美国队后提出辞职的，即23日那天。

他说："我们的队员确实打得太糟糕了，即使是有意打坏这场球，都打不成这样糟。我恨不得国际足联马上修改规则，允许我把这十一个人全部换走！"但气恼归气恼，沮丧归沮丧，毕竟他是引咎辞职。很简单，在举世瞩目的这场足球大战中，他没有带好一支公认的超级强队，以致过早地溃败了。

我为马图拉纳鼓掌，更为他所在的国家鼓掌。

6月27日20时50分

下午去了一位朋友的家里。

这是第二次造访。上一次是应他之邀，去欣赏他收藏的宝贝。你猜是啥？瓶启子！若非亲眼所见，很难想象那来自近百个国家共四百六十四件小东西陈列一架，构建着怎样色彩斑斓的世界！即使你的想象再丰富，再奇妙，也无法达到那般美好的境地。

我不知道，这些造型各异的瓶启子，在他眼里究竟成了什么。我只知道，他把这个收藏坚持了三十载，并且将一直陪伴他，度过充实而快乐的晚年。他曾是造福一方的父母官，而今，他同我谈及它们的时候，脸上泛着新鲜的艺术之光。我觉得，我们很近。让我感动的是，他有心以图文并茂的形式把自己的收藏品结集出版，光耀人类智慧文化财富。他邀我来协助实现这一计划，我很乐意。

6月28日20时15分

今晨下了一场大暴雨，把家人都惊醒了。直到上班时间，雨才停住。一整天里晴着，却凉爽。这样的天气，人的心情怎么会不好呢？我打算，下班后干点什么，什么都行。

回到家中，气还没有喘匀，忽听咚咚的叩门声，透过门镜一看，是老朋友J。那还有啥说的，开门吧。聊来聊去，知他只是来看看我。这更让我心存感激，朋友就是相互惦念嘛。但是眼看计划好的事就要泡汤，心里便急起来，而且急到了表情上，与他搭话也是敷衍。我有点儿怕他不自在，却不知怎么扭转局面。

这时，妻子回来了，她变戏法似的弄些凉菜，又嘱我买回两瓶啤酒。边喝边聊，我的心情才平静些了，就越发感觉愧对了他。那么，能全怪我吗？他要是在我闲暇的时候来，我高兴还来不及呢！

由此断定，我也一定做过人家的不速之客，只是人家未曾使我觉察，而让我的尴尬推迟到今天的此时此刻。想来更是惭愧。

6月29日21时35分

Z来看我。

她是休足了产假后，刚刚上班的。寒暄过后，她就滔滔不绝地谈起她的儿子，很自豪也很母性。我暗自惊讶，仅仅几个月哺育和操持，她居然完成了如此巨大的转变，转变成一个挺出色的母亲，实在祝贺她。

还应该祝贺的是，她依然保持着“青春倩影”。不知道她是怎样做到的，其中用没有“苦肉计”？异性的隐情，不便多嘴了。这种事，反面的教训可是不少，虽然暂时保持了体形，却损坏了体质。我和Z可谓好朋友，才顺便给她提个小醒。我这个人，是不是挺无聊？

6月29日22时15分

水龙头坏了，修了半天也无济于事。没法儿，就只好低三下四地去请水暖工。遇到这等事，我总是很头痛，人家什么时候来，那要看人家的兴致，一句“忙不开，先回去吧”，你就只好在家里守候。即使人家明天才来，你也得赔上笑脸。现在，我就是这样守候在家里，等那陌生的然而一定是放肆的叩门声。

求人的滋味的确不好受，软硬钉子都会碰到，但谁又能保证总不求人？不说别的，在求人之前，你首先得有个准备，得与不得都是人家的事，你“不必太在意”。想办法把人家的兴致调动起来，才是你的能耐。怄气，根本没用！

6月30日10时

吃罢晚饭，一家人出去散步。没什么去处，就是随便走走，走在晚风中，自然是那种很惬意的感觉。

今夏以来，差不多每晚都来这么一遭。

我从前是不大散步的，认定那是老年人的行为，多少有点“夕阳无限好，只是近黄昏”的意味。我还年轻，有那么多事情等着做呢！卢梭的《漫步遐想录》给了我启发。

我终于明白了，忙里偷闲原来是一种十分重要的生活方式。过去，我把一切安排得太满，太急功近利，因而失去了人生的许多乐趣。趣中生义，趣中生理，无趣便什么也都没了。

其实，在匆忙的生活中，每个人都该学会散步！

6月30日20时15分

我怀着极大的兴致，等待着观看阿根廷队与保加利亚的这场比赛，此乃本届大赛中小组出线的最后一场球。前两场，阿根廷队掀起绿茵雄风，产生了巴蒂斯图塔、卡吉尼亚等光芒四射的球星，而他们的功绩又绝对依赖于伟大的马拉多纳。

自然是赢球！

然而，马拉多纳不能再上场了。国际足联于6月30日在新闻发布会上表示，禁止马拉多纳参加世界杯期间一切有关足球的活动，因为他服用了禁药。

我感到沮丧，比我热爱马拉多纳的万万千千的球迷们一定更加沮丧。马拉多纳呢？他瞬间升上“天堂”，又瞬间跌下“地狱”，像做梦一样。那么他会作怎样的感想？这叫咎由自取吧？却没有完，最后的处罚还等着他呢。

没有马拉多纳上场，阿根廷队如同没了灵魂，表现散漫，直至输给了弱于自己的保加利亚队两个球。

马拉多纳，你真叫人沮丧……

7月1日9时30分

家里只一台电视，而三个人的喜好又往往不在一个点上，所以到底看什么节目，也就常常发生矛盾。吵过多次，总是让了一方，其他两人生闷气，并期待着下一回轮到自己做主。我是大丈夫，除了看精彩的足球赛，尽量依从她们母女。有时，母女俩闹分歧，我则在一边看笑话。僵持不下了，我就大模大样地出来调停。小家小户的，就是于这种相依相悖的气氛中过日子，挺无聊也挺有趣。

这回世界杯足球赛，我成了名副其实的一家之主。截至今天，争夺十六强的所有比赛，或是现场直播，或是实况转播，我是想看即看，理所当然地顺遂我的意愿。她俩肯跟着更好，没兴致一边睡去，我把音量放小就是照顾了。

偶尔，妻子对着那出其不意的射门场面，忘情地喊一声：“好球！”我心下的得意自不待言。要知道，她是连“越位”“任意球”都稀里糊涂的主儿啊。

我在得意之中也有愧意。也已想好，球赛一过，即刻交权，看什么节目皆由她们母女，哪怕天天晚上看那磨磨叽叽的言情片。

7月1日21时50分

朋友从千里之外来看我，到了中午，自然我要请客。

先前，也没少请，这一次却感觉格外愉快。去的是新开的“成都小吃”，虽花销不足五十元，三个人却吃得很开胃，也很开心。私人掏腰包，有时是挺头痛的事，它要求对象、环境、价格等诸多方面都适中，也就是主人乐意，客人也乐意。那么，到“成都小吃”这种风味店最划得来，的的确确是物美又价廉。

就想，明天还请客！

7月2日21时20分

去参加一位小老弟的婚礼。全家人都去了。回到家已是午后两点多，似乎还沉浸在婚礼热热闹闹的气氛中。

坦率地说，我多年不肯参加什么人的婚礼了。经验告诉我，参加婚礼最是自讨没趣。费钱费时费精力不说，最让人难受的是尴尬。除了新郎新娘，至少三分之二的人相互陌生。尤其是你一人前往，又不见旧识，面对一张张机械的脸孔，搭话不是，不搭话也不是；喝酒不是，不喝酒也不是。你把注意力放在新郎或新娘的身上，他们可能从头至尾也不看你一眼。

你越琢磨越尴尬，生怕谁认定你是个两头都不靠的家伙，只想匆匆走掉。那也得加小心，真要是被新郎或新娘溜了一眼，还以为你挺难伺候呢。所以，我一般不去凑那热闹。

今天我很高兴。高兴之余，就思及自己的婚礼太简单了，应该重办一次。也知道，过去的事情永远追不回来，还是对妻子说了。她不置可否的表情，让我愈加惭愧。

7月3日13时40分

一整天，内心空白。

晚间看有线电视台节目《王者之战》，其中有一个女配角，因为她的父亲曾是很威风的赌王，当初看中了她的母亲，云雨一番，便生下了她。后来，他又有了新欢，弃之如敝屣，可怜她母亲临终前还痴痴眷恋着他。所以，女儿长大后，发誓要替母亲报仇。剧中的一个叫小江的赌王已陷入她的圈套，究竟会是怎样的结局？还要接下去看。

过去有种说法：人生如戏；时下又流行讲：戏如人生。看小江这个角色，就觉得后一种说法更切实际，生活中的“小江们”多得是哩！

7月5日20时30分

我的派克笔丢啦！

这使我十分的恼火，可没办法。是我脑袋臭，二十四小时内发生的事，却怎么想也想不出在哪个环节上出了问题。回家翻了个遍，照旧是无影无踪。

这支笔，二百四十八元，是同事的一位朋友送我的。朋友听说，我曾有支日本国的好笔，丢了后竟半年多时间没有写作的兴趣，足见我对那支笔的深情厚谊。

近一阶段，他常来我们办公室。他说他是个粗人，但也知道笔对文化人的重要，大家处得不错，就送给我和同事一人一支。我拿在手里，确实喜欢得要命。我想，它会促使我写出更多更好的文章来。也就半月的光景，丢啦。

我不相信它就这么轻易地弃我而去，我甚至以为，就像有的朋友一样，它只是无声无息地离开，偶尔有一天，我们不期而遇，我会惊喜万分，直至永远与它相伴相随。

派克笔，你在哪里？……

7月6日19时

我听说朋友的妻子被车撞了，就赶往医院去探视。见到朋友面，我一时不知说什么好，胸口堵得慌。在外坐了一会儿，又去病房看了一会儿，还是不知怎么对朋友说好，就告辞了。

回家的路上，脑袋里乱哄哄的。

好好的一个人，突然就遭此灾难。这种事，根本就是防不胜防。与自然界的万物相比，人生存的权利实在小得可怜！

我想朋友这个时候是很需要帮助的。但我又清楚，帮他做什么，都不可能使他彻底摆脱痛苦。我只能尽量地去做了。

希望我的肩膀暂时腾出来，替他多承担一些。

我再一次感到人的脆弱与无奈。朋友，珍重啊！

7月7日17时10分

《读者》是我一直喜爱的杂志，喜爱它机巧、真挚、高雅的风格。我挺希望自己写的东西能在那上面转载。虽然从文学角度说，它算不得纯文学刊物，但是它的发行量大，看的人多，一篇文章有更多的人来读，绝对是件好事。

今天翻看第七期，忽然发现目录中有《人生小酌》。急忙查内页，却是白白惊喜了，文章并不是我写的那篇。

我那一瞬的惊喜肯定是有理由的，因为我在三四年前就以“人生小酌”为母题，写了不少篇章，东北师范大学出版社于1992年5月出版了我的同名随笔集。今年5月7日，《吉林日报》又发了表一组，被第七期《东西南北》杂志转载，仍是“人生小酌”。同一个题目，一万个人写也不稀奇，但同是这样的题目，这样的手法，就令我十分的惊讶了。

我愿意认识一下《读者》上与我写同题的那个作者。我想，我们之间肯定有种奇怪的东西存在着，或者叫作彼此的融点。

好一个陌生的朋友，他至少先于我在《读者》上完成了自己的一个心愿。

7月7日20时15分

早晨上班前，先去了医院，去看看遭受不幸的朋友。想安慰他几句，说出的话却有气无力。这类事，放在谁身上都挺闹心。

前些天，还有一位知我知他的朋友写信来说他非常好，我应该多帮助他。我们是知己，彼此的照料从不挂在嘴上。久不见面，就觉着心里不畅，或者他来看我，或者我去看他。见了面话都不多，相互领了一份心意，又各忙各的去了。我和他原打算这周去会吉林的几个朋友，可现在啥心思都没了。他们要是知道这个不幸，肯定和我一样痛在心里。而表面上，还得装作无所谓，让他在心里头对自己说，没什么，甩甩头就都过去了。

再：昨天下午在单位贴了张寻物启事——

本不人慎，将一支派克笔丢失，有知情者请告知，定谢。

直到今天上午，没有佳音。倒是有些同事见了我，关切地问，什么样的好笔？找到了没有？

要是笔根本就没丢在办公楼里，这启事就贴得滑稽了。实际上，无论谁在“急”中，都可能生出“智”，也可能生出滑稽……

7月8日18时40分

又是大礼拜天。原打算敲出一篇特写来，题目也拟好了，可是眼巴巴地望着屏幕，却找不出个好文脉。索性关了电脑，陪女儿下跳棋、军棋、娱乐棋，时间就这样过去了，我的内心很不安宁。下午也是稀里糊涂，好在明天还休息，那篇特写根本不在话下。

其实，多少年来，我基本上是利用休息日读书写作。偶尔换了形式与内容，无论什么，就觉着虚度了，心里空落落的。

明明知道，即便我今天写出一篇相当满意的好文章，我依旧是平常的我，于人生毫无补益，可我就是习惯了一种生活，而难以投入到另外一种生活中去。就事论事，也许今天我失败了，从长远的角度来看，我是不是太拘泥于一种人生态度了呢？不管怎样，明天先将那篇特写完成。之后，我是得好好考虑自己的下一步了。人太清醒地活着，可能很苦，但一味马马虎虎，绝不会有什么建树。

我应该清醒些，尤其是像今天这样不大心安理得的时候。

7月9日19时30分

上午把稿子写完，挺满意。看天气好好的，就唤女儿去她姥姥家，我是想还上周的债。但我说好，还没有放假，所以待一会儿就得回家。女儿听说上姥姥家，高兴极了，我的要求也爽快地答应了。

可到了姥姥家，就不是她了。一个小时过去，我说咱们回家吧，她嚷嚷着再玩一会儿，还没玩够呢！知道她今天是玩不够了，就动了恻隐之心，让她留下来住一宿。她乐得直蹦高。想一想，女儿也不易，小小的年纪，一学期下来，考试又很有希望双百，何必管得那么严。倘若她什么都按大人的想法做，她不就成了小大人了吗？那么孩子的最宝贵的天性，就会葬送在我的手里。

我们都望子成龙，事实上，越是心切，就越可能违背自己的本愿。好的办法是，给孩子一片天空，让孩子自己去飞翔。

当然，我们在给孩子天空的同时，别忘了时不时地帮着驱一驱乌云。

7月10日19时45分

有个小子，跟我是不错的，还当面叫过我老师。忽然听说他背地里散布我的流言，虽然没什么副作用，也叫我气闷。干什么呀？小小的年纪，怎么学会了“当面说好话，背后下毒手”那一套？

流言，以往也听过，并没什么了不起的。有时，一句话或一个眼神，都可能引来流言。问题是，他以为我会得好处，以为我会青云直上。

……没影的事儿！

我也散布过人家的流言，但我是直来直去，不像他，弯来弯去，把我罩在五里雾中。我只能说，他比我高明，也比我卑鄙。

7月11日19时10分

中午同女儿去吃烧卖，回来的路上见一书摊儿，就奔过去。原想若有中意的书买两本，却发现了自己三年前出版的散文诗集《不息的内流河》。这本书，当时发行很不错，连我手头的样本都送了别人。就想掏钱买它，女儿拽住我，小声道："你的书，你还买啥？"一句话，问醒了我。是啊，差不多字字都在自己的心里，我买它做什么呢？

就想起朋友讲的事，那年他出差来长春，看到新华书店卖着他的书，当下买了一本。其实，他的家里还堆放着不少样本呢！他那时买自己的书是怎样一种心情？不得而知，我今天要是不听女儿劝，或可体会一二。

7月12日15时50分

R从我这里走了后，我一直心灰意懒。那天她打电话来，我也是支支吾吾的，不知怎样开脱自己的失约。我发现，我有点穷途末路的感觉。这样下去，我是不是要完蛋了？

今天她来了一封信，其实是两封。一封是埋怨，一封是谅解。我读了之后，真的有些感动。她说我错过了美好的一天，不知会不会错过以后的岁月。她谅解了我的懒散，也担心我的日后毫无声息。

近一时期，接二连三听到身边朋友的噩耗，的确让我心事沉沉。人不信命不行，冥冥中，上帝总在摆布，争也没用。我先前是不信，现在却很惶惑，因为近来的一些事，不容我不信。

我的确变得懒散了，可是人近中年，许多事想想还说得过去，若是再去做真就感到力不从心了。

我哪儿也没心思去，就想待在家里。当然，我感谢R。她越来越懂我了。人都是互相的，我该投桃报李。真的，这两年，我的朋友渐渐少了，什么原因都有，不知我会不会有孤苦伶仃的那一天。眼下我在考虑，怎样才算好好活着，怎样才可能使自己活得滋润些？

7月12日20时10分

早晨起来，懒洋洋地不想动弹。已过了上班时间，却连早饭还没有吃。今天是星期三，去不去单位都行，还是决定去。

我本来离社会就比较远了，太早地固守书斋，前景怕不会很妙。感觉自己无精打采的，天气凉下来，会好一些吧？

7月13日8时25分

这两天，总想回父母家看看，已经四十多天没回去了。不知家里是否都好。其实，我回不回去，也不起太大的作用，求个心里踏实吧。

近几年来，家里总是不得安宁，使年迈的父母越来越看不到希望。他们愿意我常回去，可是我除了偶尔给一点儿钱，也就帮不上什么了。有些事，也不是给钱就可以解决的。说真话，我想回去，又怕回去，有时走到家门口，还在担心家里是不是又出了什么事！

我一直比较努力，是想凭着自己的力量给家里一些帮助。但我终于感到自己是渺小的，力不从心。有些事，好像上帝安排好了似的，人的努力显得非常徒劳，那么我究竟该做点儿什么，才能让父母有一些安慰呢？

有专家说：人的成功大体可分为三个方面，一是自身；二是社会；三是家族。我总在想，我活着，不谈前两者，倘能在家族里体现些价值，也是可以的。但目前来说，我只能常回家看看，偶尔给一点儿钱。我实在是迷茫。这便是我的家庭的负担，一种幸福又痛苦的负担！

7月13日20时30分

女儿期末考试果然考了双百，她高兴，我更高兴。所以，今天下午知道成绩后，我就带她去逛街。几个小时里，我除了给她买些吃的，差不多就是变换着角度给她讲道理。我以为，女孩子学习好固然重要，但是能够自如地料理自己，并使自己的各个方面都很适宜，才是更可贵的。

她还小，但小的时候才好管教。作为家长，我想至少我应该完成两个使命，一是为她储蓄些钱，二是培养她独立自主的能力。她现在不会明白为父的心肠，但我希望她早一天明白。

我以往太溺爱她，眼前看是有利于她，长远地看，怕是要有害她的人生。所以在她现在还不太懂事的时候，我要严格替她把关，使她活得像样些。好在，我终于明白了：父亲长在女儿的眼前，女儿长在父亲的心中。

7月14日19时30分

心里有些发毛，不知四处都藏着什么。人近中年了，常常是这种感觉，甚至对自己都充满敌意。

这也许是好事情，起码不会太放纵自己。

7月15日17时

朋友在他们单位张罗办起了一张报，今天是创刊的新闻发布会。我去参加，看到庞大的阵势，朋友意气风发，对未来充满了无限的希望。我在角落里为他高兴，不由想到，自己参与创办《吉林日报·东北风》周末增刊之时，也是十分投入的。

那时候，真是不分昼夜，根本不知道疲累。人一旦投入到自己喜爱的工作中去，真是幸福。只是这种情形不常属于某一个人，而且也难持久。比如现在的我，更明显的感觉是困顿。

7月16日20时45分

两个多月里，一直是想出去走走而没有成行。我感到，自己常常心烦，莫名其妙地看什么都不顺眼。如果放下手头的事，到遥远的陌生的地方转转，肯定是另外一种心情。沉在另外一种心情里的我，至少会年轻些。

下一周，我一定成行，无论是去哪里。

7月16日21时

因为是休息日，早晨起床已经很晚了。如果不是妻子催着吃饭，我还想睡下去。吃过饭，女儿就开始写作业。不一会儿，她嚷嚷着让我给她出语文试题。我正要干自己的事，就推到她妈身上。推来推去，两人吵了起来。后又一想，真没意思，辅导孩子都有责任，想看到孩子取得好成绩，家长还不肯花费心血，终有一天要吃大亏。于是，我还是放下手上的活儿，给女儿出题。

下午就睡大觉。

7月17日18时

刚洗完澡，身心很是清爽。想好好睡一觉，明早3时20分是第十五届世界杯足球赛的冠亚军决赛。

巴西队球技高超，意大利队勇猛善战。我断定巴西队夺冠，但我希望意大利队能使傲慢的巴西队瞠目结舌！我等着观战……

7月17日20时50分

觉睡得极差。终于等来了足球决赛，边吃着面包片，边欣赏激烈的角逐。上半场平局。巴西队略显优势，意大利防守严密，但总的说，双方都踢得比较保守。罗马里奥和巴乔都很神，那么，谁是本届大赛的金球奖得主呢？那就要看两个人的运气了。

下半场球开始了，还得先看球。

7月18日4时38分

经过点球大战，巴西队终于实现了自己的美好愿望，成为冠军！

这几乎是在所有球迷的预想中。倘若意大利的球更高一筹，那么不知会是怎样一种局面？

1.68米高的罗马里奥赢得了全世界的注目。我向巴乔致敬！

7月18日6时55分

明天是我三十五岁生日。以往这个时候，总有些朋友通过种种方式向我表示祝贺。去年，我参加笔会到蛟河一带，回来的途中去看R，留下了今生难以忘怀的记忆……

中午时分，姜姐专来为我贺喜。她一向很关心我的，这一次，她又专门为我制作了一串风铃。她那细致入微的关怀，令我很感动，我没有姐姐，我想假如我真的有姐姐，也未必能像她这样吧。

希望她早一天，也为有我这样一个好弟弟而感动。

7月18日19时10分

也许因为今天是生日，我有种特别的感觉。只是我没对更多的人提起，晚上回得家来，一家三口人过得蛮好。几个朋友打来电话祝贺，他们还记着我的生日，让我多少有些愧意。

妻子做好了美味佳肴，还买了蛋糕，弄了束花，这种温馨触动着我的心……

高温还在持续，我的《暑中札记》到此为止。一个月热得人头昏脑涨，片刻宁静中，我记下了这些文字。本来有不少的奇思妙想，开放也便凋谢了，很是遗憾。好在日子长着，鲜花还有重放时。

有了一整月的《暑中札记》，持续高温的日子里，我恐怕会活得安稳些。就此打住了！

7月19日整晚的感想，20日8时补写

记这个春天

加油！三八节

落下这个题目，先自别扭了。三八节，一年仅此一日，还加油吗？

向来，女性的节日，女性说了算。毋庸置疑，女性不辱使命，成全了世界，且要多美丽有多美丽，且要多灵妙有多灵妙。花美吧？梦灵吧？有道是“女人如花花似梦”……

私下里，三八节也被称作女神节，抑或女王节，不过心愿的表达罢了。其实，叫什么节不重要，重要的是能够充分享受特权。特权特使，我身边的女性，无非是逛一次街、买一个包、看一场电影、吃一顿西餐之类。倘再奢侈些，灿烂的追寻便是大自然了。眼前山水石木，耳边诗词歌赋，恍惚进入了人生好境。所谓好，风景，风情，情景超级融合，一时蝴蝶庄周了。

从劳绩中“抠”出来的日子，照耀着每个守望着它的女性，禁不住浮想联翩。锦上添花，她们高兴了，整个世界就高兴了。空气里甜丝丝的，有些醉人呢！

今年的三八节，完全在疫情的笼罩下，一扫往昔的姿态与韵味。多少女性奋战在抗“疫”的前线，多少女性奋力在抗“疫”的现场，多少女性奋发在抗“疫”的岗位或角落。依旧平凡，只是平凡中透出坚毅；依旧平淡，只是平淡中透出豪迈。事实上，巾帼让不让，都不输于须眉。

一片乌云袭来，再一片乌云袭来，又一片乌云袭来，已经搞得我气血淤滞，无力去顾及那些电视以外和文字背后的是非了。然而，当我回想起一位母亲把饭盒送到儿子被隔离的楼下，当我回想起一位妻子把关切送去丈夫被隔离的窗口，当我回想起一位女孩哭唤着亲人远去的灵车，我还是无法止息悲恸的心潮。

如何是好呢？青岛的副刊人薛原，煮字为生，特别贡献了2020年三八节文学专辑——《说吧，从房间开始……》，推介的是十本当红女作家的新书：林白《说吧，房间》、方方《拜访狼巢》、迟子建《炖马靴》、蒋韵《你好，安娜》、张欣《千万与春住》、端木赐香《寻找真实的吕碧城》和薛燕平《宽街》、碎碎《无限悲情，无限欢喜》、南子《游牧者的归途》和吴越《上海早晨》。想来，对于无边际的自我防控的女性及男性，不失为一种减压药，开卷必定有益。

我曾经供职的报社，对泛漫的新冠肺炎疫情可谓不遗余力，先后派出李晓静和陶彬两位记者，亲临武汉现场，她们用一篇一篇的通讯和一幅一幅的图片及时地报道了那些感人至深的瞬间，既记录“已知”，又回答“未知”。都是女性，都有日常的忧乐。一旦出发了，全然忘掉自己。冲锋陷阵的英姿，闪烁着无穷之魅力，魅力之光芒。同样，复工后的女记者、女编辑也都在各自的岗位上骁勇善战，忽略一己得失。她们牵系着所有人的牵系，她们期盼着所有人的期盼，并且坚信那句话：没有一个冬天不可逾越，没有一个春天不会来临。

疫情够凶狂，剥夺了春节，连三八节也不放过。

由个人到群体，由群体到国家，特殊时期的女性，充分展示了女性的风貌与风骨。疫情中，我们看到的一幕幕场景，我们听到的一个个故事，构成了我们心中无可替代的敬重、敬佩与敬意。那些奋不顾身的医生、护士、志愿者、社区工作人员……舍小家，为大家，依旧还在一线拼搏，流汗甚至流血。伟大，何其高远、深邃的词语，被她们如此这般地落实到行动上，而让我再三再四地领教了具象的内涵与外延，或曰意义。

我别无选择！

我还选择什么？

早晨，一觉醒来，揉揉眼，先发两个红包，分别99元，公平公正公开。这个数，确实矫情了。三百六十五个日子，矫情一天又何妨？冰心说过的，世界上若没有女人，这世界至少要失去十分之五的真，十分之六的善，十分之七的美。疑惑了多少年，一直以为是个伪命题。不过，缩小范围，把“世界上”换成“家庭里”，则能够说得通了。哦，不是吗？

三八节，女士当然优先，没商量。从我身边开始吧，我的妻子辛苦了，加油；我的女儿辛苦了，加油。

然后，天下的女士，辛苦了，加油！

背景是春天

昨天，亦即2020年3月9日，我居住的城市实现了新冠肺炎确诊病例清零。消息不翼而飞，上上下下，左左右右，平添了几分春色。

不是好彩头，而是好兆头！

再看武汉，再看湖北，再看全国，疫情逐渐溃败。我当然警惕，远未到打扫战场的时候，最恐怖的是反扑。想一想都怕，代价实在惨重，全方位的半瘫状态，损失可估不可量。人呢，说病就病了，说死就死了。

不能白病吧？不能白死吧？尤其是那些疫情中无辜的病、无辜的死。

前所未有的疫情，殃民祸国，历史除了审判病毒，必须审判谎言。只要是谎言，无论来自哪一方，不把生命当生命，都是有罪的。这里，我为我的城市点赞，好一个“患者零死亡，医护零感染”。何以至此？需要总结的方面很多，关键的一条则是不被谎言左右。

疫情肆意妄为，一时间把生命推出了秩序。很乱的状态下，防控再好，人面罩不住慌慌，人心免不掉惶惶。谁会好受呢？有句话尽管偏颇，却也不无道理。话说——一个人最要命的就是，一直怀念过去，坐着幻想未来，天天虚度现在。

要不要命？

幸好，经过艰苦卓绝的战“疫”，全国涌动复工潮，随即是复学潮。

复工，就是工作着的人回到工作上。

复学，就是学习着的人回到学习上。

这样的转折，至少说明“人传人”已经在掌握之中。能复工的复工，能复学的复学，慢慢地，一切回到秩序中。对啊，不溺于怀念，不耽于幻想，不失于虚度，让生活更生活，让春色更春色，才是理想的社会，及道义。

天气晴好，致我心情大好。原想去趟百花园，放弃了。由于在家附近，往年的春、夏、秋三季时常观光，每次与每次似是而非，姹紫兮，嫣红兮，美丽着我的生命。之所以放弃它，而奔向远处的友谊公园，是因为疫情中的我更渴望安静。乱得太久了，比乱难以对付的是郁，是闷，是郁闷，我需要在安静的氛围好好醒一醒。置身于风景，便也成了风景，我发现人比想象的多，或徐行，或慢跑，或坐在路旁的条石上，尽情享受着清清冽冽的气息。哦，也不能说尽情，他们同我一样，轻松不放松，口罩依旧封脸。我是有些激动的，甚至想跟每人打一个招呼，终究没有作为。

迎着风，舒一口气，残雪已在消融，万木已在复苏，心的田野辽阔而明亮……

我的企盼是流云的企盼。

我的梦想是飞鸟的梦想。

回到家里，恰好正午时分。窗台上的花，有名也争奇，无名也斗艳。从我的角度看，它们无比绚丽，背景便是蓬勃的春天！

多云转晴

当然，我不是在做天气预报。气象领域，多云转晴抑或晴转多云，并不能够主宰人的生命与生活，影响大小罢了。疫情始发，黑云压心心欲摧，便是那种雨下不来的感觉！

这样的日子，得过且过，极像“踩着竹竿儿过（河）”。血也血过了，泪也泪过了，光明乍现。毕竟是，战斗在一线的国人强，防控在二线的国人强，敌退我进，转向了晴空，哪怕未及万里。哦，我的意思是转向，即势头。换一种切实的说法，也许明天，也许明天的明天，阳光则洋溢了脸庞，融融的，暖暖的，近似于灿烂。

我所在的城市，今日多云，-1~12℃，西南风5-6级。上午10点多，出门。去银行，去商场，去另外一个住处。都不是什么特别要紧的事，积攒下来的，可办亦可不办。居家防控，憋闷得太久，实在需要舒筋活血了。本想透透气，摇身一变，成为兜兜风。一路上，心自然旷了许多，神自然怡了许多。进入这样的状态，哪里都不是目的了。春风撩拨衣角，身体恍然几分飘呢！弗如，随便飘到哪里吧……

我想，我一定是有些松懈了。虽未携朋引友聚餐去，却渐渐显露了诸多的漏洞。大方面，绝对不敢轻视；小方面，往往不免疏忽。前些天呢，能不下楼则闭门锁户，这几天是心血来潮则抬腿走人；前些天呢，进入大堂则主动测温，这几天是一声招呼则绕过保安。起初乘电梯和穿楼道，手上隔着抽纸，近来跟着裸指去，到家一洗了之。前次晚归，连口罩也忘记戴，夜色里不见人，便也坦然。

最新消息：根据统一安排，17日当天共有首批49支援鄂医疗队、共计3787人通过民航、铁路、公路等多种交通方式离汉返程。这些比亲人还亲人的医生护士，抗“疫”期间，已然将自己的生死置之度外，不舍昼夜地救助。情海深处，怎一个谢字了得？所幸，我在手机里看到一个十几分钟的视频，是送别援助道孚县的医护人员的场面，荆楚日月经天，但求山河无恙，一幕幕，一桩桩，何其动人心魂，何其催人泪下……

3月18日，我的城市开始了全方位的“大扫除”。不藏什么玄机，七天七夜，明明白白，对所有公共区域室内外环境进行清扫，全面打好疫情防控阻击战，为各行业复产复工和市民恢复正常学习、生活创造良好的环境。据悉，此次行动包括清扫环境卫生、清洗各类设施、清理各类杂物、消杀病虫害等。我家住在南三环，眼见街头、树下、楼角、广场、站牌及交通护栏旁那些忘我的劳动者，不由得热血奔涌，一下子辽阔起来，这不就是春天里的“春天”吗？

气象上的晴转多云，等待风雨雷电，过后便是全新的天地。

再　聚

今晚的觉，又不知道该怎么睡了。

自从疫情发生，日子倾斜，整个人几乎被颠覆了。直接的损害，便是夜晚睡不成觉，而白天昏头涨脑。惯常的情况下，一年半载偶尔失眠一回半次，却不左右我。是，我的睡眠足够好，深度睡眠好梦生，一觉醒来多少总有收获，弥补我现实的缺憾。比如，梦里长出翅膀，在天上飞呀飞的。另外，三番五次，梦里拾到纪念章，一枚一枚又一枚，怕没了，全放在枕边。也难免噩梦，被追杀，被逼死角，山穷水尽复柳暗花明，以为神灵保佑。经验告诉我，宁失财不可失眠。失眠太煎熬，频繁的失眠接近绝望。

幸好，国内的疫情转危为安了。

失眠一定会转多为少、转有为无吧？

希望燃亮远方，加把劲，套话称百尺竿头再进一步。尤其是防控上，任何的疏忽都可能是疏漏。暖暖的春光里，还可能出现倒春寒呢！那种杀伤力，那种不期而至的摧毁，很难抵挡住。由此及彼的环，扣由彼及此的环。就现阶段而言，防控的作用甚至大于医疗的作用。道理明摆着，全民防控，人人有责。没什么含糊的，只有做好自己，做好一个人！

事到如今，我不急着参加各种名堂的聚会。父母十年前安息在了家乡的一个山坡上，最想做的事情是前去跪拜二老。他们撒手人间之后，五个子女很少聚，春节却总要凑到一块儿。2020，疫情毁了年，原本的约定泡了汤。大哥大嫂本打算腊月二十九从上海赶回长春，只为正月初二的手足一叙，却不得不取消。电话打回吉林，隔空问候，草草结束了春夏秋冬的守望。我要把这些细枝末节汇报给父母，让他们地下有知，安抚世上的孩子及孩子的孩子。

事已至此，也不急着参加各色人等的聚会。此心安处是吾乡，过往中，他们给了我浓浓淡淡的情谊，使我活得顺畅，时常庆幸与欣慰。有时风，有时雨，有时风雨一起来。我呢，也有时风，也有时雨，也有时风雨一起去。突然，疫情摁住了暂停键，碎碎念，把情谊弃置在生活的一隅，闪烁抑或寂灭，中断了来去。

再聚好吗？容一段时间……找回心情！

惴惴然，再聚；邈邈然，再聚。

春光这么好，我把自己放开，进而引领到无边的旷野上。空气清冽，草木蔓发，尽情地奔跑。我承认，我已经过了奔跑的年龄，却不肯服输。奔跑，不啻疯跑，跑累了，停下来歇息，然后继续跑。为什么呢？也不为什么，只想把疫情中郁积的苦楚，亦即苦不堪言的痛楚，统统吐出。如果轻盈了，我想飞，哪管空空一场。

我其实更想去趟武汉。对，带着影子去。我能治病救人吗？不能。我能驱云破雾吗？不能。痴念中，我倒情愿吃辛苦，街魂巷魄，雨雪风霜，以质感的文字抵达疫情深处，还原民众战“疫”的“本来面目”。当然，我其实更怕我这样的“逆行者”一朝成行，不是去添彩而是去添乱。弗如等等再说。城市大病久矣，等等什么呢？再说什么呢？

疫情或许太深。

桑麻或许太远。

再聚，实则不聚，没想好呢！不聚的日子里，脑海一遍又一遍幻化期冀。何妨借助王羲之式的雅集——“是日也，天朗气清，惠风和畅，仰观宇宙之大，俯察品类之盛，所以游目骋怀，足以极视听之娱，信可乐也。”或者，何妨借助李太白式的雅别——“李白乘舟将欲行，忽闻岸上踏歌声。桃花潭水深千尺，不及汪伦送我情。”

都是好景致，都是好怀抱。

装 修 记

人生有“四子”：位子、孩子、票子、房子。

装修寄生在第二层面，乃为附着物，凸显手艺和工艺，介乎形而下与形而上之间。倘若，喻房子于皮，喻装修于毛，囿限皮毛关系，不美妙却也恰切。

言之海市蜃楼，行之风喧尘嚣。即便如此，还是要行动起来。新房子，旧房子，装修完毕才算好房子。

住在好房子里，日月交辉，连梦想都是明亮的。

事实上，“装修和恋爱一样，付出了爱心，常常很有耐心，但难免不伤心”。过程永远比结果繁杂，何须纠结？入世者谓之入世，超世者谓之超世，两重天。

也有风雨也有晴……

一

果然是缘分，缘分中的缘分！

繁荣路2069号的四幢楼房，名曰大通花园B区，家居一百二十五平方米。

对，A区在马路对面，先前被工学院的教职员工团购，一派草长莺飞、云蒸霞蔚的景象。

散步时，目光被拽了去。几套房源选一，成为业主。

犹如“白驹过隙”，分明“忽然而已”。

反正，岁月不饶我。十七个春秋，落旧了，软件硬件都有些懈怠。想再好，只有再装修。

再尝一遍装修的滋味!

远亲不如近邻，近邻不如新邻。何况，刚刚完成装修，善后呢。再上去两层，就敲开了五楼的门。让进去，我嘴上客气呢，已经穿上了人家的拖鞋。毫无二致的户型，再熟悉不过，可谓尽收眼底。当然是好，好到喜出望外，仿佛给我们打个样似的。呵呵，下茬子了，是要在这里安度晚年的架势。人怕比，怕较劲，比较之后，咱小装。

小装花小钱。

其实，我几乎要放弃装修了，哪儿出问题修哪儿，不装了。见妻子的脸晴转多云，我索性被动地迎合，接近于献媚。但，我很快发现，她的脸色阴沉，要下雨的那种气象，没商量的。事实上却是，投资多了，我心疼；念叨多了，我肝疼。我心肝受损了，身体难免滞重，滞滞重重。到极端，不耐烦就出来了：“去掉建筑面积，也就百十平方米出头，想什么宫廷乡村呀，有点儿中式或欧式的意思，行了吧？”

电视上，画报上，奢靡风此伏彼起，哪里是尽头。

心平气和的时候，亦即我浮想着水浅山浓、竹深花好的时候，便会开车拉着她四处踩点，扫荡那些实用且风尚的货物，更新脑库存，以期随叫随到。她说东，我就东，应对西、南、北。本来，我也无所用心，出身体不出思想。一旦用上心了，更可能是帮倒忙。过日子，我习惯了听安排。听话七分，践行三分，促成了我的策略。门、窗、柜、桌、台、椅、灯饰和帘饰，看了又看，订了又订，无非装修的准备。给出诚恳的态度，不折不扣，她还不免画魂儿，几个意思嘛！

再怎么不乐意，妻也撑得住。

我爱我家，我爱我的女主内的家。

按理，她对自家装修，积攒下了许多经验，手足应当有措，实则不然。应当愧怍的是我，如果我腰缠万贯，横着膀子逛，那还说什么呀！没底归没底，幸好一直把握着少而精的装修原则及方向。每次逛起来，如入无人之境。不，她身后还拖着个我呢，有时像侍卫，有时像谋士，不像侍卫和谋士的当口，就是一个哼哈的，古代叫答应。

我服从她，哪怕别着劲。本来嘛，淋浴器好好的，非要换一个。货比三家，终于敲定了中意的牌子、中意的型号，然后征询我，我说拉倒吧，说过多次“拉倒”之后，她让我一边待着去。一边是哪儿呀？我就在她身边泄她的气。没用的，交订金去了，尾巴上的我困难地咽着吐沫儿。紧跟着，去看吊顶，也是货比三家之后了，迅速达成共识。共识之后的午餐，水煮鱼，油汪汪的，禁不住的那种生动。

二

能伸上手的，在我，清理书籍和石头。

清理中，如何是好？

头脑比眼睛殷勤，不失时机地放电影，黑白片。

当初，书是一本一本买回来的，石是一块一块搬回来的，何况日久生情，我不可能一股脑儿地推出门外。忍痛割爱？怎么割？

文友宋虹与我同时遇到了同样的问题。他在网上和群里吆喝，有喜欢书的朋友，来取，配发的美图实在诱人。好事者应了，取没取，不得而知。

不效仿，啥年代了呀，还拿书当礼品？

那些可有可无的书，堆成堆，卖给了破烂儿王，五毛钱一斤，前后得了八十元、五十五元、一百二十元。实在操不起这个心了，心烦或烦心。

人民文学出版社的《红楼梦》，四卷本，蓝皮儿，32开本，定价3.45元。掂量几次，终究留下来。1978年，我在乡下做知青，向民办教师刘烈喜借阅两卷本的《红楼梦》，烈日炎炎下如饥似渴，感动了身边的“朱大学”。其实他叫朱诏麟，我到师大读中文，与他的教诲有关。师大与工大隔一院墙，常去不远处的“工大书亭”，1980年的10月买下这套书，封底有章为据。跟我拥有的另外三个版本作比，似乎早该弃置了，转念之间又未曾舍得。

还有长江文艺出版社1997年版的《跨世纪文丛》第五辑，收纳了张抗抗的《银河》、赵玫的《紫丁香园》、邓一光的《遍地菽麦》、史铁生的《别人》、徐坤的《遭遇爱情》、梁晓声的《荒原作证》、邱华栋的《哭泣游戏》、赵琪的《告别花都》、李国文的《人生在世》、李贯通的《天下文章》等十个人的小说。我的文学情缘始于小说，主要是阅读，度过了少年与青年。边写诗写散文，边跟陈村一样“想小说”。偶尔失意时，我习惯沉入小说里，补充我内心亏空的部分。犹豫再三，又把它们从废纸堆里一本本地捡了回来。

那些石头，更难断舍离。当初一块块入户，我费尽了多少心思和力气。我命名为《情潮》的那块松花石，至少有十年了吧？记得，同学带我去通化县的一个石农家，左挑右选，最后将它抬到车上。那当口，我都不敢看同学的脸，二三百斤的重压，车忍得住怕人也忍不住。待他拉到长春后，又雇两位力工上门，我的心才得以踏实。看久了，失去了神奇，便有些碍眼了，碍眼了便有些碍事了。替它想过归宿，却想不出适宜的方法。感情上，觉得是宝藏呢，暂且留在家中，陪我一起回忆。小的一些象形石，舍不得出手，闲时把玩，怡情通性。跟自然、跟人生、跟友谊、跟爱情连起来琢磨，往往会点亮自己的此刻或彼刻，妙不可言矣！

理不清，清不掉，我不知道我在清理什么。

我清理什么了吗？

常常是，手伸到半空中，忽然收回了。

写《沉重的翅膀》那个张洁，教给我一种办法。把朋友叫来，随便选，随便拿，生不带来死不带去的，有人喜欢就好，包括许多弥足珍贵的手稿和书信，摆摆手，适得其所。

三

不破不立，破与立之间，妻子比我烦恼。她需要清理的，乃欢喜悲忧的一个家。尽管房子没老到腐，没老到朽，而那些物件却隐约散发着腐朽的味道。夫妻核计的时候，她忍不住嘟囔，看着挺好的，啥啥都要钱了。要呗，过日子，过什么？要是钱能买回好心情，松松手嘛！

粗略算下账来，得小二十万，吓我一个倒仰。

她还在那儿自言自语呢！

电线不中用了，水管不中用了，网络不中用了……都是始料未及的。我险些脱口而出："是不是我也不中用了？"

轮到我说服她。

我说服得了吗？

两台电视，曾经的光芒尚在。2006年换了台海信，2008年又添了台LG。中韩联袂，开销了我三个月的工资。牙没疼，心有些痛。十几年后的上个月，送新电视的人四处撒摸，问旧电视呢。价没谈妥呢，就嬉皮笑脸地背走了它们，丢下四十元。四十元什么概念？夫妻俩一人一碗牛肉面还不够呢。

我啊我，可怜装修前，仍当财产呢！

花出去的钱是纸，花不出去的是什么呢？诸如此类，明里暗里被我视为依靠的全部家当，又值几个吊子？不敢想，一想便要慌神儿……

妻强调，弄好你的那些书籍和石头吧。这次，她没在书籍和石头前加上个“破”字，算客气了。

客气不客气，也是今非昔比！

两个人最初的居所，平房外加一院，位于长春市南关区三道街财神庙胡同，七拐八拐，拐到胡同深处，那才叫破。上世纪80年代中期，单位分我的。我不嫌弃，不嫌弃的还有我的新婚妻子。进院，再进门，外间是厨房，里间是主屋，半炕半地。之前的人家，住着位七八十岁的老太太，北窗封死了，东窗遮掩着，照明全靠唯一的灯。限于此，所能实施的“装修”，只有把天棚和墙壁糊上报纸，把桌子铺上塑料布。妻子又买些锅碗瓢盆，叮叮当当，硬生生地住了下来。而且，伴随着小女儿的笑脸和哭声，一天天迎接着东方的大太阳。

追忆那些个破日子，常吟《陋室铭》：“苔痕上阶绿，草色入帘青；谈笑有鸿儒，往来无白丁。”现在想，有素琴可调，有金经可阅，我再怎么装修，也无法抵达刘禹锡的高境了。不如草草装，草草修，草草收兵了结。

妻子不。偏不！

如果家底儿殷实的话，她会呈现更加远大的理想。央视二套的《交换空间》，不遮不掩，时不时地调整着她的居住意识和方式。这些年，委屈她了，去北京、上海、沈阳和哈尔滨，只能兴冲冲地逛宜家家居。买什么呢？不一定。家里那些难以数计的小物件，多是“不一定”的情态下认购的。有用吗？有啊！好看好玩，当然是有用。

玩偶蒙奇奇不好看吗？

玩具哆啦A梦不好玩吗？

装饰乃装修的补充。家装的禅理机趣，妻子悟得透彻，随她去吧！

四

燕子在屋檐下做窝，雀儿在枝丫上垒巢，未经过装修，依然活得快乐，快快乐乐。

人比燕雀高级吗?

去留只在一念间。慢着，留下的物件，捆绑好，安置好，让出尽可能多的空间给装修的工人。工人，做工的人，姑且统称吧。他们中有的技术不行，有的态度不行，不配叫师傅。

妻子讲究惯了。凭时间和汗水，把个烂摊子收拾停当才肯请工人进来。

我说，你搞展会呀？她冲我翻眼皮，作罢了。

工头是从前的工头，熟悉，不费多少口舌，开工了。先期拆门、卸窗、补墙、改水电线路。几天里，声声断断，乌烟瘴气，再亲临现场，已经面目皆非了。我在这里吃住了十七年，第一次感受到屋室的基础如此破败。当然，翻腾的脑海不失时机地演示出虚幻的盛景。还我的“体歇处”，还我的逍遥与向往。

随着装修的进展节奏，我愈加发觉我想得简单了。

沙、石、木、线，及至各种高档用品在成就了家装景况的同时，也神出鬼没地偷袭了我。干着干着，什么念头都冒泡儿了。没法子，一步步妥协。突破预算的防线，依旧要妥协下去，不然收不了场了。举例说明，卫生间不足六平方米，起初只想换灯暖，顺流而下，又换了吊顶、浴霸、热水器、手盆，就过了“万元”。

此去彼来，就过了几个、十几个“万元”。

装修，平常事，依然藏着辩证法：省钱不省心，省心不省钱，看主人希求什么。

也不是完全失控了，蓝色组合书架，擦拭后，又搬回原位。漫长的岁月里，它承载着古今中外的书，也承载着经天行地的梦。它背面的墙，后砌的，隔开了南北通透的超大空间，南客厅北书房。客是客，书是书，符合我惯常的趣味。确实动过拆除的念头，以恢复原貌，想想罢了。墙的另外一面，亦即客厅的这面，挂着国画《双骏图》。易洪斌画马，闻名全省，及至全国。他退休之前，视我为知音，送我的。把它装上框，就一直陪伴着家人过小日子。曾经有人出五千元购买，我笑了笑，多这份钱也富不起来，少这份钱也穷不下去。我喜欢各种马，从地上到纸上，也包括天马。散文集《野马闲驰》便是笔名逸出的，可惜野马不野，无处见铁蹄雄风……

五

装修照什么打样啊?

出发点当是设计。

其实，我很赖仗装修设计的。毕竟不是洗脸，它约等于整容，欲整出一个秀色可餐的面容。电视里，那些鬼使神差的设计师，总能够出奇制胜，把个逼仄的、平凡的空间设计得不逼仄、不平凡。

更有另类者，置马桶于卧室的中央，赫然入目。

我不迷信设计师，我迷信设计。

深知房屋局促，再异想天开，我也没想把它做一次颠覆性的改造，求它个纸醉金迷。可是，我期望的那张设计图（或曰设计稿），哪儿呢？狐疑过，没好意思问。小打小闹而已，够不上工程。想来，它应该在工头的衣兜，它应该在工头的脑际。不管它在哪里，我希望它始终在，只是我没有见到，而已。身为房主，管好明细账嘛，看什么看?

就只有监工。

亏啥不亏心气，得闲便去现场。吸取以往的教训，观大局、察细节，及时更改、调整和完善。余暇里，饭菜侍候着，矿泉水侍候着，好言好语侍候着。只讨工人一个好态度，好态度里面一个好手法。

监什么工啊？看出来的问题都不是问题。北屋的窗帘盒瑕疵明显，看不下去眼，请人家返工，一次，两次，第三次人家斜鼻子斜嘴了，边干边发牢骚，好坏最后一次。最后呢？安装轨道的师傅上门，发现无法挂钉，晓之以愤，动之以怒，拜拜了。

解铃还须系铃人，返工没商量！

装修，装修，且装且修。既然做的是“表面文章”，就必须“看上去很美”，没的说！

六

又一天起了个大早，匆匆赶到现场。对，装修期间的家一时成了现场。我差一点儿就要说成战场了，没有烽火，没有硝烟，不要太夸张哦！

自从开工以来，经常陷入被动的局面，听工头调遣。

工头说，手上有几个大活儿呢！因为是老客户，才应承下来。这一单，只好放在几个大活儿的空档里，别太着急了。

只能提要求，盯住机会盯紧人。

圣贤早有教导：“不谋全局者，不足于谋一域；不谋万世者，不足以谋一时。”

今天的重点是刮大白。来早了，工人没影子，巡查的当口追忆往昔。四十年前吧，父母怕是觉得家里暗，决定收拾一下。收拾啥呀？基本是刷浆。刷呗，儿女齐上阵，也把所有墙壁刷得乳白。还刷油，绿油，一米高的墙裙，俗称墙围子。果然，家里在无师自通的积极操练中亮堂起来……

楼下摁响门铃，打断了我的思路。思路夹杂着我的倔性子，自己照样干！

哟，没想到，上来四五个人。心里头发笑，上来四五十个人也管不着，定好的，给十一个工。

他们进来了，没我们啥事了。妻子交代几句，坐我的车去欧亚卖场看壁纸了。

七

贴壁纸，堪称我们家的“新时代，新征程，新目标，新作为”。

妇老往前看，夫老往后看。斗转星移，妇唱夫随是两个人有史以来的最真实写照。

她起这么个高调，我原本不想“随”了，理由是：贴壁纸墙就不能呼吸了。墙不能呼吸，人呢？

各让出一步，客厅贴电视的背景墙，两个卧室贴床头墙。

依据这个方案，再三再四地去店铺选样。选中，推翻，再选中，再推翻，循环往复，力图妙不可言。

今次，下决心订货。

终于订下货来。

若干时日后，壁纸得以上墙，艺术漆风格，一下子“春色来天地，浮云变古今”了。

又特意搜索了百度，除了美观之外，至少隐含着四大好处：安全环保、防火阻燃、减少噪音、手感温和。

面对亦真亦幻的幽境，妻子便多少有些悔意，悔不当初，客厅全贴好了。折腾了一宿，魂游天外云舒云卷，先把门上门左的空白补齐，形成一个完整的壁纸视觉。第二天，又早早给导购员小宋打电话，请求她再让厂家发一卷来。我也跟着悔，进而有些担心，暗忖：妻子要是继续折腾个一宿两宿，恐怕壁纸得覆盖全部的墙了。

当然，我曾经教育过我自己，好环境是为生命服务的。人本来资本欠缺，还经常透支。需要养，需要好环境养。何止养眼？慢时光，养身更养心。

八

人，有无数种办法让自己活得安逸，而家装几乎是首选并且实施的一例。眼界不同，情怀不同，趣味不同，格调不同，相同的是身体和灵魂的庇佑。

不同中求同，同中求不同。

妻子高瞻远瞩之一，两年前，就已经跟商家预订了木门，为的是有七折的优惠。四扇门，外加储藏室门和卫生间门，省下不少钞票。必要吗？必要！赚钱的能力越减越弱，晚年生活靠什么支撑。乡情？亲情？友情？爱情？恐怕白搭，白白地搭上。高瞻远瞩之二，十几年来，没断掉跟工头的联系，枝枝叶叶处成了朋友。再找人家的时候，一锤子定音，省去不少麻烦事。难得吗？难得！说到底，省钱省事。我承认，小户人家，除了省钱省事，没剩什么了。再心宽，也管不了江河土地、日月星辰啊！

也可以说，是妻子“老谋深算”。

刮完大白，她收拾一气；安完吊顶，她收拾一气；装完灯饰，她收拾一气；接完网线，她收拾一气。不错，与装修同频共振，她总是一气一气地收拾，起承转合，进而缩短着现实与梦想、梦想与现实的距离。

梁实秋那个年代，据说：“若要一天不得安，请客；若要一年不得安，盖房；若要一辈子不得安，娶姨太太。”时过境迁，装修虽然不比盖房要命，也是要扒人几层皮的。

断断续续的过程，不免想，装修如此这般，必定奢望存焉。人生山高水远吗？爱情峰回路转吗？一年复一年，一点又一点。偶然间看了电影《路上飞花》，爱爱恨恨，欲诉难诉，直到那个接近复活的终端，仍然唤不醒岁月，以致涕泗横流，以致灰飞烟灭……

装修以来，尽在磨合中。老夫老妻了，柴米油盐胜过了风花雪月，磨归磨，合归合，她升她的温，我降我的压，各揣各的坐标。比如，我应该买张新床了，旧床早已睡出了“窝儿”，翻身则会抗议。只当没发生，又不是“豌豆公主”，继续睡，睡两年看看再做打算。妇说换吧，夫说不换，终究磨合掉了。让她干瞪眼儿的是，我把出版的十六部著作摆放在书架中央，很突出，告诉她革命尚未成功，我在勉励自己哦！

唯一不耽幻想的，恐怕只剩下了储物间。房产证上，它是“两卫”中的“一卫”，入住前改造而成的。储什么物呢？杂物。除了很少用到的杂物，主要是鞋。新鞋子，旧鞋子，一双双的鞋，带着人走天下，回家都歇在里面，无怨亦无悔。它的门，跟客厅一体，此番得以升级，搭的是客厅的顺风车。

九

门窗系列安置好，装修则进入了尾声。

都说，电影是遗憾的艺术，装修何尝不是？尽管，我自作多情，欲把起伏的盛景拍成绵延的视频，发往朋友圈抑或许多群，鬼迷心窍，不了而了之。

确实没什么炫耀的，庞贝式吗？非也。帝王式吗？非也。我的思绪再飞扬，毕竟落脚在传统的中国式，显现简约与大方。更何况，施工过程中屡折屡扣，初心依旧寄放在深远的期望中。云破月，花弄影，哄自己的托词便是：轻装修，重装饰。

妻子是这个托词的实践者。

奇石、书画、瓷器、根雕、花卉、地毯与地垫，以及形形色色的挂件和摆件，宛若调兵遣将，当仁绝对不让。哪怕，哪怕寻常来去，来去已不寻常。寻常不寻常？

年轻的时候，好浪漫，以为自己是野马或鸿雁。如今，不大好意思了。天生肖猪，就猪吧，贪食恋圈的猪，避讳也逃不过猪那一套。

很愿意对目前的环境与气象做出栩栩如生的描述，呼朋唤友敬知音，兴许宾至如归呢，然而力不从心。谁串谁的门啊？“燎锅底”往往沦为企盼，更可能“梦里寻他千百度，那人却在，灯火阑珊处”。

忽闪忽闪的，多是从前。

所幸，十几万，再次给家一个舒体、舒心的舒适感，值。偎在沙发里，非佛即仙。恍惚中，念起席勒那句话——“时间的步伐有三种：未来姗姗来迟，现在像箭一样飞逝，过去永远静立不动。”

哦，慌什么？时间之上，请适应我的慢和散淡……

字里流年

一

月亮只一个，我不说“外国月亮圆”之类的傻话，何苦明喻暗喻。字呢？众说纷纭，英文字像蚯蚓，日文字像蝌蚪，俄文字像羽毛……汉文字博大精深，像什么不像什么，谁也说服不了谁。

字里乾坤，妙在不言中！

老祖宗造字，灵感来源自然与生活，象形、指事、会意、形声、转注、假借，带着明显的主观寄望。我游山水时，见过一些瓦片上、树木上、石头上的刻字，禁不住追思远古的情境。太阳的，月亮的，牛马虎狼的，以及男欢女爱的，形凸意显，无声地绵延着岁月，演进着人类的文明。即使这样那样，也只不过是了解些先民的痕迹，猜不准踏足者的初衷。学者呢？无非自圆其学。近来，翻阅了《100个最美汉字的前世今生》，N维度解字，试举两例。譬如禾，最初指北方的粟，禾穗垂而向根，被古人引为君子不忘本、谦虚、感恩的美德；譬如丰，原意是树木和下方的土堆的形象，后引申出草木茂盛，也指人的容貌丰润、体态丰满。凡字都有出处，有蕴藉，有风华，不负天地不负人。

倘不脱离自己，认识多少字，就拥有多少亲友，不折不扣，天地裂乃敢与“我”绝。

二

之于我，最熟悉的是字，最陌生的也是字。

世上多影迷、多球迷、多棋迷，我是字迷。得过且过的时候，一个人常常对着字发呆。字为核，辐射词语。当然，更好的表达是，我对每一个字都想入非非。僧敲月下门，贾岛何乐而“敲”唐？春风又绿江南岸，王安石何乐而“绿”宋？往事悠悠，耳边声依旧，眼前色依旧，声声色色越千年万年……

我虽然对嬲、傩一类的字心怀俗念，却懒于探求，尽管也曾效法神话中的仓颉造了若干个“自娱自乐”的字，但没用啊，光自己认有什么用？枉费心思了。字，繁如星，散如沙，能把玩通常的五七千字，甚或万八千字，已足可以上知天文下知地理了。

读山河，读风貌矣；读草木，读神髓矣，读诗、读词、读歌、读赋，我读一个个字。

最是宋词入血脉，梦边上低吟——

花褪残红青杏小。燕子飞时，绿水人家绕。枝上柳绵吹又少。天涯何处无芳草。

墙里秋千墙外道。墙外行人，墙里佳人笑。笑渐不闻声渐悄。多情却被无情恼。

红藕香残玉簟秋。轻解罗裳，独上兰舟。云中谁寄锦书来，雁子回时，月满西楼。

花自飘零水自流。一种相思，两处闲愁。此情无计可消除，才下眉头，却上心头。

苏轼和李清照，男女有别，情愫与共。字叹惋，宋词跟着沉郁。多一字是多，少一字是少，气场容不得之乎者也。

三

鲁迅悲忧时，道：躲进小楼成一统，管他冬夏与春秋。

“小楼”是“书斋”吧？

窃以为是躲在字里。

字顺方能文通，文通方能气畅，气畅方能理达。

为报纸编辑三十五年，个人写作呢，至少外加十年。猜字，煮字，贪字，想字，字在地上穿行，字在天上飞翔，无疑一个字人生了。可惜，我始终没有弄明白，字是什么？

说风是风，说雨是雨。说风不是风，说雨不是雨。说风还是风，说雨还是雨。藏匿着玄机了，幸好万事万物绵延呢，未完待续！

扶植过一个人，从作者扶植到作家。老实说，在我这儿，她的皇皇几本大书不如一篇千字小文。历历犹新，读罢《城市晚报》上的《有字就行》，忍不住打去电话，斥她为什么不给我主政的“东北风周刊”。她送来笑声——歉意的笑声，吃吃地又把自己远在乡下的老父亲描述个外尽里透。我也有些动情，诺诺半晌儿。荏苒光阴，光阴荏苒，心上一直视那个“有字就行”的同道为知音。

不是吗？有字就行！

四

字与字组合及摩擦，区隔不同效应。

读书，首先是读字；写作，首先是写字。字来字去，开自己的花，结自己的果。我垂情文章，而不事小说，恐怕与骨子里的惜字如金有关。文章强调字，强调光。单个的字，无所谓好孬，用好了则生香，用孬了则生涩。小说，或长篇或中篇或短篇，哪怕是小小说，主要靠人物，靠故事，字深字浅跟着人物、故事走，得失不问字责。

字字有责，于文章，包括那些虚字。

从识字到用字，从用字到煮字，耗尽了我的半生，大半生。我说我是幸福的，是说乡情或许飘浮了，亲情或许飘远了，友情或许飘飞了，爱情或许飘逝了，而字安然无恙。字啊字，时而浪花般拥着，时而鲜花般簇着，簇拥得我，俨然一个将军。文脉隐隐现现了，招之即来，来之即战，战之胜与不胜，全凭我即兴的调遣。

人，一撇一捺，够了。

够还是不够？

与人相比较，我更愿意与字打交道。流年碎影，善莫大焉！

五

孩提起，便迷字。

许多个夜晚，兄妹五人躺在土炕上，冲着糊着报纸的天棚瞪眼睛，去亲近所有的标题。也是，标题字号大，一目可以了然。那个《一看二帮三结合》的标题在右上角，字字闪耀，才不管它看什么、帮什么、结合什么呢！

母亲识字多，对字的理解也深。循序渐进，教会了我们如何猜字谜。

她问："一个人姓王，兜里揣着两块糖。是啥字？"

我答："金。"

她又问："一点一横长，口字在中央，儿子不听话，耳朵拉拉长。是什么字？"

我皱了半天眉，陷入疑惑。

母亲告诉我："是郭！"

"一口咬掉牛尾巴。"

"告。"

"十五天。"

"胖。"

……

问来答去中，拆解了许多字，拼接了许多字，突破了我的懵懂岁月。字带动词，词带动句，句带动段，段带动全篇，从而孵化出我的文学梦。填报大学志愿，无论名校与否，我都毫不犹豫地选择了离字最近的专业，中文系，以期未来的日子字里刨食。

毕业后，苍天还算开恩，让我进入报纸副刊编辑部。这个角色于我，似我非我，既为他人作嫁，又为自己添衣。马虎说，已然成为"字翁"——字里逍遥的富翁啊！

有一千个读者就有一千个哈姆雷特，有一千个哈姆雷特就有一千个自以为是。事实上，我造就了我，阅读套路近乎极端，习惯了从文章缩到段，再缩到句，再缩到词，再缩到字，然后再回到文章。

感佩德艺双馨的书法家，他们在不断的真草隶篆的修炼中，传承了繁体字的优长，堪称文化卫士。我颇有此心，却毫无此技，没能够写得一手好字。幸亏笔下的字如我，发散着浪漫的色彩及气息。不错，化繁为简是流向，却不免顾了远方而失了故乡。

曾经的我，很迷外人的，好男引为知音，好女引为知己。桑田沧海，应了弘一法师那句离情别苑：“天之涯，地之角，知交半零落。”如今呢？迷字不迷人了。

人间藉烟火，字里任逍遥。

字外的事情，另当别论。

六

我迷字，字也迷我，总是以集结的阵势醒在我的脑海或眼前。醒，闪闪地醒，不分名词、动词、形容词、副词、量词、语气词，随叫必须随到。“一去二三里，烟村四五家。亭台六七座，八九十枝花。”早已被我嚼碎了，一个字一个字倒嚼，成为橄榄果。

凡圣由字了。

从前写，热衷于长，以大块文章吓人。吓不住人，更可能吓跑了人。悔悟后，努力求其短，能短则短。明里暗里时而被传扬，心里妥贴不少。若干年后，偶遇大诗人北岛，请他题字留念——

卑鄙是卑鄙者的通行证

高尚是高尚者的墓志铭

他语调低缓，婉拒，笔尖闪出了“杯子碰杯子，都是梦破碎的声音”。他的诗，大都短，甚至短到《生活》只一个字：网。当下的流弊是，诗纷纷扬扬，乱作飞舞的雪花，化到掌心却是水，污水。言及雪，蓦然间溅起了我对一位诗人的怀想。她叫吕新，组诗《萨尔图的沼泽地》发在1987年11月号的《人民文学》上，我从中抠出“在零下四十度的北方，我雪过”两句，刻印在心间，每每念及就暖。为此，我还赠她一首诗《北方女子》，姑且抄录下来：

叹你自己为云
头顶的天空越来越低
而瞬息的仰望
便感受了爱与死亡

相思花为谁而瘦
等待是什么
岁岁年年
于超然物外的音乐里
逐渐沉落

哪个季节没有风呢
只要你远离生命的港湾
每时每刻都在历险
幸福的痛苦
缘自或远或近或隐或现的手势
结束漂泊便是结束青春

也没什么 没什么
8月17日永远温馨
这一天仇人也是知己
无须合拢十指

天空低矮的时候
你深深绝望
多少漂亮的诗章
就喷泻在这绝望之后
因而你骄傲
你是雪过了的北方女子

开始或结局都似是而非
一次次
不想喝酒却大口大口喝酒
不想吸烟却大口大口吸烟
醉醉醒醒中
擅长写诗的手
就被什么什么男神握住了

瘦瘦的相思花
瘦在苦乐年华

逝水宛如流年，吕新是一朵浪花呢！多么久远，也不败……

七

时间都去哪儿了？我的时间多半去了字里。

字里应有尽有，日月星辰、花草树木、飞禽走兽、行云流水、柴米油盐、烟酒糖茶，别一种天地。

偶尔的时间段，怏怏病下来，思想病，什么也不要。读书也烦，写作也烦，烦也不打一处来。我怄我的气，我伤我的心，落魄在时间之外。终究是，字激活了我，字焕发了我，使我重新回归到生活的秩序。

或婉约或豪放，字功不可没。

痴痴迷迷，我把字抓在手中，不松开，不肯松开。

我愿我手中的字因羞怯而高贵，因高贵而羞怯。怕只怕它一副寡淡、庸懒、圆滑的模样和态度，担不起神圣的使命。

晚近师古，学《兰亭集序》，学《陋室铭》，学《秋声赋》，学《爱莲说》，学精美且隽永，实则是给字更多的机会。那些意味深长的字，那些意犹未尽的字，温润，灵妙，闪亮，出奇并且制胜。

字化育着，文章便也荡漾了……